# 強制収容所のバイオリニスト

装訂　三村　淳

# 日本語版への序文

ヘレナ・ドゥニチ-ニヴィンスカ

二〇一六年九月十七日、わたしは、日本の読者のためにどんな序文を書こうかと考えをめぐらしていました。その時、インスピレーションがわきました。九月十七日、それは一九三九年にソ連軍がポーランドに侵攻してから七十七年目に当たるまさに記念日だったのです。わたしの祖国にとって悲劇的だったこの出来事は、日本ではそれほど知られていないかもしれません。しかし、わたしが体験した戦争時代の運命を理解する上では、鍵となる事件でした。

ヨーロッパにおける第二次世界大戦は、ドイツがポーランドに侵攻した一九三九年九月一日に始まりました。ポーランド国家の状況は日一日、ますます望みのない様相になっていきました。ポーランド軍は英雄的に戦ったものの敗北し、一般市民、大勢の母親と子どもたち、そして高齢者たちは国の東へと逃げました。まさにそんな時、今度は東側からソ連軍がポーランドに侵攻してきました。ポーランド人にとって予期せぬこの攻撃は、当時のドイツとソ連の指導者――アドルフ・ヒトラーとユゼフ（＊ロシア語読みではヨシフ）・スターリンの間で取り交わされた密約だったことが後に分かりました。強大な二つの全体主義国家の刃によって傷つけられ、出口のない暗いトンネルに押し込まれたポーランドは、情け容赦のない占領政策に屈しました。

日本の読者は、ホロコーストを生きのびたユダヤ人が書いた、当時のジェノサイド（集団的大虐殺）を鋭く証言する回想文学については、おそらくなじみがあることでしょう。戦争時代、ルヴフ出身のポーランド人であるわたしは、ドイツが設置したアウシュヴィッツ＝ビルケナウ強制収容所に移送されました。そんなわたしの運命は、ホロコースト犠牲者の運命と重なり、わたしもまた想像を絶する犯罪の証人になりました。したがってこの本は、テーマとしてはホロコースト文学の流れに入りますが、ロシアおよびドイツの占領者によって残虐な手段で苦しめられ、殺され、差別されたポーランド人のドラマチックな体験に及んでいます。わたし自身に、わたしの家族に降りかかった出来事は、戦争と占領の時代に巻き込まれた全てのポーランド国民の不幸の度合いからすると、特別に大きかったわけではありません。

親愛なる日本の読者の皆さん、この回想記を書き始めた時、わたしは九十五歳を迎えていました。今、すでに百歳を超えているわたしは、何が日本の読者をこの本に導くのか、そのことにとても関心があります。わたしが個人的に日本人について知っているのは、日本人がショパンの音楽に関心を持ち、ショパンの音楽を愛している、ということです。みなさんの多くが知っているのは、ポーランドがショパンの祖国であり、またその逆にショパンの祖国がポーランドであるということではないでしょうか。日本について考える時、わたしの念頭に浮かぶのは、大勢のショパンコンクールに参加する日本の若者、そしてコンクールの日本人受賞者です。

ショパンの音楽は普遍的で、その美しさは世界中の人の心を動かします。ナチス・ドイツはショパンの音楽を禁制の曲にしましたが、有刺鉄線に囲まれたアウシュヴィッツ＝ビルケナウ強制収容所の中でも演奏されました。それは、有名な音楽家で、この収容所で亡くなったユダヤ人のアルマ・ロゼが声楽と器楽の曲に編曲し、彼女の指揮下で収容所女性音楽隊が秘密裏に演奏した『エチュード 作品10 第3番 ホ長調』（＊日本では『別れの曲』と呼ばれている）です。わたしもまた、この女性音楽隊の一メンバーでした。「ビルケナウのバイオリニスト」の回想記が日本の読者のみなさんにとって興味をひく読み物になることを、わたしは願っています。

人生の終わりが見えてきた今になってわたしは回想記を残す気持ちになりました。

その記録に手を貸してくれたマリア・シェフチクに心より感謝します。

この回想記はマリア・シェフチクの探究心に満ちた問いかけによって形を成すことができました。

本当にありがとうございました。

ヘレナ・ドゥニチ‐ニヴィンスカ

# 告白――序文に代えて

九十歳を超えた今になって、わたしはどうして第二次世界大戦時代のソ連占領下、そしてヒトラー占領下での人生体験を回想録として記す気になったのでしょうか？

打ち明けて言いますと、家族を全て失い、ヤルタ協定（＊一九四五年二月にアメリカ、イギリス、ソ連の首脳が会談し取り決めた、大戦後の国際体制構想。ポーランドの政権および領土の問題が大きなテーマとなった）の結果によって故郷ルヴフ（＊現ウクライナのリヴィウ）および真に自由な祖国までをも失って以来、わたしは戦前だけではなく戦争時代そのものを記憶から追い出し、ことごとく消し去るつもりでいました。

ルヴフで生まれ育ったルヴフ娘であるわたしが戦後、まったくの一人ぼっちになってクラクフ（＊ポーランド南部にある古都）にやって来たのは偶然のことでしたが、この地で何とか新しい生活を組み立てなければなりませんでした。それはわたしにとって大変な難題でした。ただ、オシフィエンチム（＊ドイツ名はアウシュヴィッツ）で出会った親友の家族がクラクフに住んでいて、彼らがわたしの大きな支えになってくれました。この親友の両親、テオドル・ザトルスキとフランチシュカ・ザトルスカ夫妻のもとで、わたしは雨露をしのぐ屋根と温かい心、そして理解を得たのです。

少しずつ、本当に少しずつでしたが、わたしはポーランド各地に散った自分に近い、あるいは遠いドゥニチ一族を見つけ出すための一歩を踏み出しました。さらに戦争前の同級生や知人たちの消息も、一部つかみ始めることができました。彼らは国内、あるいは新しい国境付近に分散していました。

戦争体験を書き残しておくようにとわたしに勧めたのはこれら旧知の友人たちであり、新しくできた親友たちです。書くことを選んだのは、このテーマについて詳しく話をしたり、真情を打ち明けたりする勇気が当時のわたしにはなかったからです。

これらの体験をわたしは記憶から追い出すことはできませんでした。身をもって経験したことは記憶の中に、しかも非常に鮮明に刻みこまれていました。長い年月を経た今、それらを文章化するにあたってわたしは以前に書いた報告書に助けられました。わたしたちを、つまりかつてのアウシュヴィッツ収容所の囚人を報告書の記述へと導いたのはスタニスワフ・クウォジンスキ博士です。自身もアウシュヴィッツ収容所の囚人だった博士は、一九六一年から一九九二年にかけて『医療展望』各一月号にナチス・ドイツが設置した収容所に滞在したことでもたらされた身体的、精神的、道徳的、社会的結果に関する論文を掲載しました。わたしは博士のアンケートの質問にできるだけ詳しく答えようと努め、時には小さいことであっても重要だと思われる収容所体験を記しました。当時まだ生きていた収容所仲間とも頻繁に協議し合いました。

クウォジンスキ博士の質問のひとつは簡潔で、しかも残酷な内容です。「どうしてわたしは生きのびたのか?」博士は医学的、心理学的研究の観点からこの問いを発しました。今、世間の人々もまた同じ質問を発し、あのようなこと全てが本当に起こり得たのか、とても理解できないと言います。

当時を思い起こし、考えた末にわたしが今、言えること、それはひとつです。「あのような非人間的な状況にあっても、過酷な運命に打ち克つように、あるいは辛い体験を少しでも和らげるようにと他の人たちに手を差し伸べた人間がいた」ということです。

付け加えなければならないのは、わたしの場合、多くの瞬間に神の手によって自分の運命が操られているように感じました。

わたしが最終的に自らの回想を記す決断をしたのは、さまざまな人たちの衝撃的な発言がしばしば活字になっていることです。彼らは言います。ドイツが設けたアウシュヴィッツ゠ビルケナウ収容所、および他の強制収容所において、ガス室やクレマトリウム(死体焼却炉)で大量虐殺が行われたという事実はなかった、と。

信じがたい犯罪の最後の生き証人の一人として、わたしは次世代に知ってほしいのです。ある種の性急で一見すると純真なイデオロギーは、拡大するにつれて人間の心の不完全さゆえに利己的で破壊的で憎しみのこもったシステムに変わってしまうことを。ナチズム、レイシズム、コミュニズムのように。

CARITAS SUPREMA LEX ESTO（愛は最高の法である）――普遍的な格言は人間に光を放ってくれるはずです。

ヘレナ・ドゥニチ‐ニヴィンスカ
クラクフ、二〇一二年

※本文中で括弧に＊印をつけて説明した文章は訳者注です。

目次

# ウィーン生まれのルヴフ娘

わたしは一九一五年七月二十八日にウィーンで生まれました。当時のヨーロッパは第一次世界大戦のまっただ中にありました。主な戦闘地域はオーストリア＝ハンガリー帝国と同盟を結んだドイツ皇帝軍がツァーリ・ロシアと戦う東部戦線でした。状況は非常に危険なものになっていて、ルヴフ市のガリツィア地方財務局の職員として働いていた父は妻と二人の息子——ヤンおよびボレスワフを伴い、戦争が始まって間もなく、引揚げという枠組みの中でやむを得ずウィーンに移住する選択をしました。ウィーンがわたしの出生地となったのはそのためです。一九一六年、五人家族になった一家は破壊されたルヴフの街に戻りました。我が家は徹底的に略奪されていました。ところが一九一七年、全ロシアとウクライナを巻き込んでボリシェヴィキ革命が起こり、そのために一家は再びウィーンに逃げました。

この時のウィーン滞在は数か月だけで、その後わたしたち一家はルヴフに戻りました。

ヘレナの両親、マリア（旧姓ティトル）とユゼフ・ドゥニチの結婚写真
（ルヴフ、1909年）

ドゥニチ一家。左よりマリア、ヤン、ヘレナ、ボレスワフ、ユゼフ
（ルヴフ、1938年）

一九一八年には主要国とロシアの間で平和協定が結ばれたものの、これらの地域ではいたるところで混乱、そしてドイツ、ロシア、ウクライナの様々な戦闘部隊による戦いが続きました。ウクライナ人はどこよりもまずルヴフを手に入れる決断をしました。十九世紀から二十世紀の転換期、ウクライナ人の間では崩壊しつつあったオーストリア＝ハンガリー帝国の支援を受けて解放運動が起こっていました。その時、オーストリア＝ハンガリー帝国がとった原則が分割統治（divide et impera）です。一九一八年十月三十一日から十一月一日にかけての夜中、コサック狙撃兵と呼ばれたウクライナ軍はルヴフの街の戦略上最も重要な箇所を征服しました。それに対してルヴフのポーランド市民は一丸となって立ちあがり、軍隊だけではなく、一般市民、とりわけ大学生やギムナジウム（＊中等教育機関）生徒、労働者、子どもたちまで参加しました。この戦闘に参加した子どもたちは後々「ルヴフの鷲《わし》の子」と呼ばれました。十一月二十二日には街中からウクライナ兵を追い出したものの、重装備のウクライナ砲兵隊は一九一九年春の初めまで攻撃を続けました。

父が母の持参金で買ったウィチャクフ地区ピヤルフ通りにあった家は、ウクライナ砲兵隊の砲撃によって破壊されました。一九一九年復活祭（＊イエスの復活を祝うキリスト教の祝日）の夜、父は市民警備隊の当番にあたり、母は危険を見越した父の言に従って幼い兄たちをまず地下室に移しました。次にベッドからわたしを連れ出そうと地下室を出たその時、家は榴弾による攻撃を受けました。母はわたしのベッドわきに立っていました。わたしは、「バシッと音がして目が覚めた」と母に言いかけました。その音は大きな破壊をもたらし、窓ガラスは飛び散り、ガラス張りのサンルームは見る影もありませんでした。両親の寝室は全ての壁が崩れ、家具が壊れ、家中がレンガの破片と埃《ほこり》で覆われました。厚い埃の層が食堂のテーブルの上の復活祭の「聖なる料理」に積もっていました。

戦後の貧困期は大変苦しい生活を強いられましたが、ポーランドの人々は勝ちとった独立を喜び、あらゆる犠牲的行為に出る心づもりができていました。

わたしたちはまだ幼かったけれど、家では愛国的教育がなされ、両親はポーランド語とドイツ語で会話しましたが、父はわたしたち子どもの前ではドイツ語ではなくポーランド語のみを使うように命じました。子ども部屋の壁にはポーランドの地図とマテイコ（＊一八三八～九三。歴史画を描いたポーランドの画家）の歴代ポーランド王の肖像画がかけられていました。

父は綿密にわたしたちの勉強の進み具合をチェックし、本や楽器の購入には出費をいといませんでした。楽器はバイオリンで、音楽を愛していました。自分自身はどんな楽器も弾かなかったけれど、子どもたち全員にバイオリンを習わせる決心をしたのです。わたしたちは十歳を迎えると次々に、ポーランド音楽協会の高等音楽院でレッスンを受け始めました。

わたしたちは厳しい教育を受けました。どんな義務もおろそかにすることは許されませんで

ヘレナの二人の兄
左：ヤン - ユゼフ・ドゥニチ博士（1910－1945年）
右：ボレスワフ - ルドヴィク・ドゥニチ博士（1912－1983年）

ドゥニチ一家が1932年から1943年まで住んでいた、
ルヴフ市マリア広場わきの石造りの集合住宅

した。正直言って、厳格な父にも、あらゆる点で父に従順な母にも情というものを期待することはできませんでした。あの当時はそれがまったく普通のことでした。

音楽愛好家の父は専門書店で楽譜を求め、好んでわたしたちの練習に耳を傾けました。冗談だったのかもしれませんが、バイオリンの「ドゥニチ・トリオ」を夢見ていたのかもしれません。兄たちはギムナジウム卒業試験に合格すると同時に音楽教育を終えました。

わたしはヤドヴィガ女王記念公立ギムナジウムで学び、同時にポーランド音楽協会の高等音楽院に通ってバイオリンの奏法と理論を学びました。それは時間的にも体力的にも大変で、友だちづきあいをする余裕などありませんでした。父の期待に応えた際のご褒美は手に合ったいっそう上等のバイオリンで、上級クラスに進んだ時に父からプレゼントされました。もうひとつのプレゼントは真鍮《しんちゅう》製の立派な譜面台でした。一九三四年、わたしはギムナジウム卒業試験に合格しました。

第二次世界大戦の後、ポーランドが東部国境地帯を失い、わたしがウィーン生まれのルヴフ娘からクラクフ在住のルヴフ娘になった時、幸いにもわたしはポーランド全土に散り散りになっていた数人のヤドヴィガ女王記念ギムナジウム同窓生「ヤドヴィジャンキ」に会うことができ、彼女たちとの心のこもった付き合いを再開しました。わたしたちを結びつけているのは、いつまでも「初恋のように神聖で純粋」な「子ども時代の土地」なのです。

# 音楽と学問の年月

ギムナジウム卒業試験に合格した後、わたしは大学の薬学部に進学する夢を持っていました。ところが、父が選んだのはヤン・カジミェシュ大学人文学部の教育学でした。父は教育学の長所を示し、特に女性に適していると主張しました。教職は自分の性向にあわないというわたしの弱腰の反論には耳を貸さず、自らの決断を通していつものように服従を求めました。兄たちは幾度となく父に歯向かうことができたのに、わたしにそんな才覚はありませんでした。

一九三四・三五年の学年度を、わたしは教育学の学生としてスタートしました。同時にバイオリンの習得も続けました。今度は上級クラスで。当時のルヴフ・フィルハーモニーの団長アダム・ソウティスは高等音楽院の学生にこのフィルハーモニーのコンサートに参加する義務を課しました。わたしは喜んで参加しました。父の思いつきでマリア広場わきにあった我が家では（ウィチャクフ地区の家は一九二九年に売却）、日曜アマチュア音楽会が開かれるようになり、わたしたちは四重奏で出演しました。わたしの高等音楽院同級生リルカ・アンドゥルホヴイチが第一バイオリン、わたしは第二バイオリン、長兄のヤネク（＊ヤンの愛称）はビオラ、タデウシュ・クリメクがチェロを担当しました。演目はたくさんの音楽蔵書を持っていたチェロ奏者のタデウシュが決めました。彼は非常に多才な人で、ピアノも弾き、画家でもありました。わたしたち奏者はお互いにいつも親しくつきあいました。

ヤン・カジミェシュ大学でポーランド文学と音楽理論を学び卒業した長兄のヤネクとともに、わたしは世界的に有名なソリストや指揮者が出演するフィルハーモニーコンサートに足しげく通いました。中でも一九三九年には当時名を馳せたウィーンのバイオリニスト、アルマ・ロゼがルヴフに来て、自分の夫で巨匠のヴァーシャ・プシーホダとともに演奏しました。いずれわたしとロゼの人生の道が出会うこととなり、彼女の指揮の下でわたしがバイオリンを弾くことになるとは、この時には想像の余地さえありませんでした。しかもそれが、残念なことに、ドイツが設けた強制収容所においてであるなんて。

わたしは大学を卒業しました。一九三九年が近づいています。すでに音楽学の博士になっていた長兄のヤネクには宗教・教育省芸術局の音楽教育部局長の職が決まっていて、ワルシャワに出る準備をしていました。ヤネクがこの役職を得たのは、博士論文の指導教官だったアドルフ・ヒビンスキ教授の推薦があったからに違いありません。

次兄のボレク（＊ボレスワフの愛称）は、わたしには門外漢の表面張力とかの理化学分野の博士論文を執筆中でした。ボレクはこの後の二年間を奨学金を得て外国で研究を続けることになっていて、まずは一九三九年と四〇年にかけての一年間はコシチューシコ財団の支援を受けてアメリカ合衆国で、一九四〇年と四一年はブリティッシュ・カウンシルの奨学金を得てケンブリッジで仕事をする予定でした。

一九三九年八月末日、わたしはストリイ（＊ルヴフの南に位置する町。現在はルヴフ同様にウクライナ領）へと向かいました。その町の教育学リツェウム（＊当時のポーランド六年制中等学校の最後の二学年）で九月一日から教職に就くことになっていたのです。下宿を決め、校長に挨拶するのが目的でした。

## 戦争勃発

八月の末になると、戦争が間近に迫っていることが百パーセント感じられるようになりました。ストリイには父もついて来たので堅苦しいことこの上なく、それでもいつものようにわたしは従順でした。九月一日朝、わたしたちはそのストリイで戦争勃発を知りました。そのような状況下では新しい学年度が始まるわけはありません。わたしと父はただちにルヴフに引き返すことにしました。鉄道は完全に麻痺し、時刻表はその機能を失っていました。父の懇願が功を奏して、わたしたちはルヴフ行きの郵便車両に乗せてもらいました。その日の午後にはルヴフで最初の空襲があり、わたしたちは地下室に逃げこみました。ルヴフの街には侵略者から逃げて来た女性、子ども、高齢者たちがまるで波のように次々に押し寄せました。彼らは慌てて荷造りしたであろう粗末な包みをかついでいました。

我が家には数時間、従姉《いとこ》のヴィンカ（ヴィクトリア）が滞在しました。彼女は二人目の娘バーシャを出産し、退院したばかりでした。ボレクが急遽《きゅうきょ》生まれたばかりのバーシャの教父を務めました。午後になるとヴィンカの夫が二頭馬車で妻と娘を迎えに来て、ミラティン・スタリに連れ帰りました。

男性市民に動員がかかりました。奨学金を得てアメリカに渡ることになっていたボレクは招集されることはなかったものの自ら動員地点に出向き、カテゴリーCの化学者として産業防衛、具体的にはタルノポルの製糖工場に配属されました。空襲はますます頻繁になり、食料供給は次第に困難になりました。戦争に関するニュースは最悪でした！

九月十七日、まるで青天の霹靂《へきれき》のようにソ連軍侵攻の情報が伝わりました！　西の方面から逃げ込んでいた大勢のポーランド人たちは望みのない状況に直面し、ルヴフを出始めました。大部分の人は運を天にまかせ、残して来た自分たちの家に戻っていきました。

九月二十二日、ドイツ軍部隊はポーランドに侵攻した同盟者であるソ連との協定に従ってルヴフから撤退し、それまでの自分たちの持ち場を赤軍部隊および赤軍と不可分のＮＫＷＤ（ソ連邦内務人民委員部）役人に引き渡しました。ルヴフに入って来たソ連人たちを喜んで迎えたのは、主にユダヤ系のコミュニストたちに煽《あお》られ、集められた大勢の貧しいユダヤ人たちでした。わたしはミツキェヴィチ記念像の近くで、一般市民、とりわけ熱烈なユダヤ人コミュニストたちがポーランド人将校たちの武装を解こうとしている現場を目撃しました。ユダヤ人コミュニストたちはソ連の星の飾りを身に着け、袖には赤い腕章をはめていました。やがて数人のポーランド人将校がその時に自殺を図ったという悲しい知らせが届き、わたしたちは恐怖に包まれ、胸が痛くなりました。

ソ連軍によるポーランド侵攻の後、タルノポルからルヴフに戻ったボレクはルヴフを出てイギリスに向かう決心をし、そのことを両親に伝えました。

戦後、ボレクをアメリカに訪ねた時、わたしは未完成だった彼の回想記を受け取りました。その中で兄は記しています。十月半ばに肩まで冷たい水につかりながらザレシチキ近くのドニエストル川を渡るはめになったことを、さらに苦労しながらブカレスト（＊ルーマニアの首都）に辿《たど》り着き、そこの領事館でコシチューシコ財団の奨学金が取り消されたと知ったことを、ポーランド領事館代表部から何の支援ももらえなかったことを。そのためにボレクは、他の大勢のポーランド人同様に自力でイギリスに渡る決断をしました。

イギリスへの途中、ボレクは、ビェルスコ（＊オシフィエンチムの南に位置するビェルスコ＝ビャワという町）にほど近いヴィラモヴィツェ出身でポーランド軍退役少佐のレオン・ブロフスキに助けられました。ブロフスキは兄を自分の車に乗せてくれたのです。この時の二人の接触はその後、親しい付き合いへと発展しました。結局、ボレクはフランスを経由してイギリスに渡ることに成功しました。

ボレクは戦時下にあったイギリスで、博士課程の研究を続けようとしました。しかしケンブリッジではルヴフですでに決めていた研究テーマを変えるようにと言われ、彼はロンドン大学キングスカレッジに移り、一九四七年一月、そこで博士号をとりました。博士課程を修了したらポーランドに戻るつもりでいることは一九四五年十二月にわたしによこした手紙に次のように書いてありました。「僕は博士論文を仕上げなければならない。それは自分のためだけではなく、帰るつもりでいる祖国のための道徳的義務である」と。

しかし、ボレクは祖国には帰ってきませんでした。ルヴフを失ったポーランドでの生活を、さらに共産主義体制下のポーランドでの生活を想像することができなかったからです。彼はイギリスを出てアメリカに渡り、そこで大学の研究員の職を探し始めました。ボールダー、ミネアポリス、シカゴ、イリノイ、ニューヨークなどで契約講師として働き、最後にサンフランシスコに落ち着きました。その後二度、ポーランドを訪ねてきましたが、一九八三年にアメリカで亡くなりました。

ボレクは人生の最後まで心の中はポーランド人愛国者でした。若いポーランド人のことを考え、彼は遺言としてクラクフのヤギェウォ大学化学科の学生のために奨学金を設けました。またクラクフ音楽院には貴重なバイオリンを遺しました。そのバイオリンは一九五三年にニューヨークのウクライナ人製作者、ドミトリ・ディドチェンコのもとで偶然に手に入れたバイオリンでした。アメリカで経済的に余裕ができて、心身の状態も良かった時代（アメリカでは何度も失業を体験した）、彼は弦楽器製作に関心を持ち、ポーランド人社会の集まりの時にはアマチュアとしてバイオリンの演奏をしていました（注1）。

注1　Helena Dunicz Niwińska, *Prof.dr B.L.Dunicz, 1912 -1983,* Acta Chimica U.J. 1995 Kraków.

# ソ連占領時代（一九三九年〜一九四一年）

ボレスワフ（＊ボレクの正式名）が冷たくて差別的ですらある扱いに自らを合わせながらポーランド人移民としてイギリスでの生活を始めた時（注2）、もう一人の兄ヤンはヒトラー信奉者に占領されたワルシャワで地下活動に入りました。わたしは両親とともにソ連占領下のルヴフに残りました。

それまでカラフルだったルヴフの街はその様子を一変させ、灰色になりました。星のついた特徴的な尖《とが》った帽子をかぶった赤軍の兵士が破れた軍服を身に着け、肩にはライフル銃を紐でぶらさげて歩き回っていました。彼らの最初の犠牲者となったのは店舗で、徹底的に略奪され、やがて閉店して鎧戸《よろいど》を降ろす羽目になりました。もう売る商品がなくなったからです。何を買うにも市民は行列に並ぶこととなり、とりわけパンや食料品を求めて何時間も並ぶ列は非常に長く、そこでは殴り合いまで起きました。品物の値段は日々値上がりし、秋と冬が近づいたというのに薪《まき》が手に入るのは奇跡に近いことでした。住まいへのガスの供給は散発的となり、質素ながら温かい食事を用意できるのは、火力は弱くても途切れることのない夜だけになりました。それまで豊かだったルヴフの街からどうして品物が消えたのか、みんな今までのように働いているのに、あるいは働かざるを得ないのに、どうして何も機能しなくなったのか、わたしたちは理解できませんでした。

ソ連軍の最初の命令のひとつは、市民はこれまでの持ち場で仕事を続けることでした。わたしは教師の仕事に就くためにストリイに赴きました。その学校はもはやポーランドの学校ではなく、ソ連の学校でした。ストリイの食料事情はルヴフよりもさらに悪く、わずかな給料で両親を支えるべくもなく、たまに家に帰ると逆に両親から食料品をもらって来る始末でした。空腹は通常のこととなり、それに寒さが追い打ちをかけました。

そうしているうちに、町や村では通りの拡声器からコミュニズムの賜物《たまもの》と社会主義的正義を宣伝するプロパガンダが流され、わたしたちは飼いならされ始めました。「豊かなポーランド」時代には可能だったあらゆる手段に唾《つば》を吐きかけられたのです。国有建築物の壁から、告示用支柱から、新聞の第一面から、レーニン、スターリン、マルクス、エンゲルスの巨大な顔が目を向けていました。全ての人があらゆる場所で監視され、通告もなしに拘置所や刑務所に連行され、もちろん秘密の輸送、つまりシベリア送りになることもありました。

一九三九年十二月八日の晩、わたしはストリイの下宿に同宿している二人の女教師たちと一部屋に集まり、大事に残しておいたありきたりの紅茶を飲みながら女教師の一人マリアの「名の日」（＊ポーランドでは誕生日よりも自分と同じ名前のキリスト教の聖人の日を大事に祝う習慣がある）を祝っていました。その時、通りに面した窓のカーテンのすきまから誰かが覗《のぞ》き見していることに気がつきました。ＮＫＷＤのスパイでした。男はわたしたちの部屋に押し入り、わたしたち三人の集まりを非合法集会だと告発しました。わたしたちは体制転換活動をしているのではなく、「名の日」を祝っているだけであることを何とか納得してもらいました。それ以来、わたしたちの危険の認識は強まりました。恐怖と貧困が増大し、教会は閉鎖させられ、ルヴフの街でまだミサが行われていたのは、聖アントニ教会とローマカトリック聖堂だけで、もちろんこの二つもＮＫＷＤ役人によって監視されていました。

今でもクリスマス聖歌「神の子よ　手をあげ　愛する祖国を称えよ」を耳にすると、一九三九年のストリイでのイヴのミサを思い出します。教会を埋め尽くした人々はこの言葉の箇所で涙を流し、一斉に嗚咽《おえつ》があがったものでした。

戦争勃発とソ連占領によって心に深い傷を負った父は、完全に意気消沈の状態となりました。さらに癌《がん》を患っていることもわかり、病気は極限的環境の中で倍の力で父の体をむしばみました。一九四〇年の初めに入院しましたが治療は何の効果もなく、わたしはルヴフに戻らざるをえませんでした。担当医師は父の願いに応じ、わたしが結核にかかっているという効果てきめんの証明書を作ってくれ、そのおかげでわたしはストリイの学校を辞してルヴフの両親のもとへ帰ることができました。

労働命令はわたしに対してだけではなく、母にも義務づけられました。母はソ連の専門用語によればまだ生産年齢にあり、市場広場わきの縫製工場で縫いあがったシャツを仕上げる仕事をしました。一方、わたしは懸命に仕事を探し、ついには有名なピアニストのウクライナ女性オルガ・レヴィツカに泣きつきました。彼女は校長をしていた音楽スクールで子どもにバイオリンを教える仕事を提供してくれました。半日労働の枠内で数人の子どもにバイオリンの手ほどきをするのですが、中に一人、とても優秀なユダヤ系の少年がいて、酷い時代の中でその子にバイオリンを教えるひと時だけがわたしに喜びを与えてくれました。

しばらくして父は再入院したもののすでに手の施しようがなく、家に戻りました。一九四〇年六月十五日、父は亡くなりました。父の最後の望みは埋葬地を父の両親が眠るジュウキェフにすることでした。占領下で葬式をあげるのは大変な苦労でした。

近親者の死後、家族は故人の遺品とは離れがたいものですが、残念ながら父の遺品はすぐに「パリ」に行き着きました。「パリ」とはスカルベク劇場前にある広場の名前で、かつてのユダヤ人街です。ソ連時代、ここでは家具、衣類、寝具、スプーンにフォークにナイフ、時計、ボタン、ネックレス、様々ながらくた類等々、想像できるありとあらゆる物が売られていました。

それらは常に高騰し欠乏している食料品や燃料を買うために売りに出された品物でした。

マリア広場に面したわたしたちの家はがらんどうとなり、わたしと母は身も心もやつれていきました。ところがひどく困難な時代にあって、わたしに飛び切りの好機が訪れました。小型で良質のグランドピアノを売りたいという人が現れたのです。その情報をもたらしたのは高等音楽院時代の同級生でした。わたしと母は小さなポータブルタイプのタイプライターを売ってお金を作り、かわりにピアノを手に入れました。ピアノを売った人はシベリア送りになった近親者に食料品を送るために、急にお金が必要になったのでした。しかし、購入したグランドピアノは我が家で音楽会を楽しむ時代の再来を待つことなく、悲劇的な最後を迎えました。一九四三年にわたしと母は逮捕されることになるのですが、それから間もなく我が家はゲシュタポ（＊ナチスの秘密国家警察）の所有物となり、そこに「釜」と称される罠《わな》が仕掛けられ、そして、価値ある品物はことごとく運び出されました。グランドピアノは運び出される途中にどうやら階段で落とされ、壊れてしまったようです。そのことは戦後再会した管理人のレトキェヴィッチさんに聞いた話です。

今、わたしはドゥニチ一族の最年長者です。ヴロツワフ、ポズナニ、ワルシャワ、グディニャ、クラクフと当然のことながら全ポーランドに散って住んでいるいとこの孫たちによく会います。いつのことだったか、その一人がわたしに次のような質問をしました。「おばさんの話を聞きながら思ったんだけど、ソ連とドイツではどっちの占領者がルヴフに住んでいたポーランド人にとって残忍だったの？」。ポーランド人に対するソ連とドイツ権力の無慈悲さは同じようなものでした。しかしながら、そこには違いがありました。「超人」ドイツは公然の敵で、彼らは自分たちの目的が我々ポーランド人の絶滅にあることを隠しはしませんでした。一方、ソ連権力者はわたしたちに吹き込みました。自分たちはポーランド人の親友であり、解放者であり、兄弟であると。これは共産主義の本質を成す偽善です。わたしはそこに厭《いと》わしさ、底意、とりわけ陰険さを感じます。

注2　実例を示すため、ボレクがケンブリッジの奨学生だった時代の状況を紹介したい。他の外国人留学生同様に兄には外出禁止時間を守ることが義務づけられていた。つまり、夜九時から朝の六時までカレッジの建物を出ることはできなかった。ある時、ボレクはカフェで遅くまでダンスができるようにと、警察に外出禁止時間からの放免を願い出る申請書を提出した。同時に、まだ申請書の返事はもらっていなかったものの、知り合いの女性をダンスに招待した。夜の十一時、女性とカフェのホールを出た時、兄は外出禁止時間を守らなかったという理由で私服警官に捕まり、数日後には裁判所への呼び出し状を受け取った。裁判の席でボレクは裁判官に向かって、ポーランド人に課した制約は屈辱的であると、自分の意見を述べた。裁判官は兄の論拠を十分と認め、譴責《けんせき》処分のみでこの件を収めた。しかし、事はこれで終わらなかった。翌日の新聞『ケンブリッジ・デイリー・ニュース』に「屈辱的制約」という見出しで小記事が載った。記事は次のような内容だった。――エマニュエル・カレッジのポーランド人学生で研究者であるボレスワフ・ルドヴィク・ドゥニチを四月十二日、夜十時五十五分、ドロシー・カフェにて目撃。彼はそこでダンスをしていたことを認めた。彼はあらかじめ制約の放免を申し出ていて、

申し出がすぐに認められると確信し、あえてダンスを続けた。「祖国から逃げることができた」彼は言った。「そしてフランスでポーランド軍に加わった」と。今は科学的研究をしていて、制約は、社会生活においてこの国に懸命に戦争協力しているポーランド人にとって屈辱的であると彼は付け加えた。エマニュエル・カレッジの上司であるT・S・ヘレ博士は被告のために発言し、彼が正直であることに満足していると述べた。一方、市長は、規則は守らねばならないと述べた。この一件は警告という形で解決するだろう。

# ドイツ体制

独ソ戦勃発後の一九四一年六月、それまで無礼極まりないソ連のプロパガンダが絶えず流れていた通りの拡声器がいく分静かになりました。そして六月二十八日から二十九日にかけての夜、ソ連軍はルヴフから撤退しました。同月三十日朝、わたしは整然と進軍してくる縦隊を「ヘトマンスキェ・ヴァウィ」大通り（＊ルブフの主要な通りのひとつ）で目にしました。それはヴェールマハト（ドイツ軍）でした。ソ連の占領が終わり、ドイツの占領が始まったのです。ドイツ軍に対してわたしたちはいかなる幻想も、運命が好転するであろうという期待も抱きませんでした。しかし、経済面ではソ連占領の酷かった混乱状態が少しは収まるのではと望みをかけました。

ドイツ軍の進入が完全に終了するまでの短い間、ルヴフの街には緊張に満ちた「占領の空白」状態が生まれました。ソ連軍が刑務所として使っていたブリギトキ、ウォンツキ、ザマルスティヌフの建物はNKWDが慌てて出て行った後、新しい主となるゲシュタポが入るまで開放状態となり、そのことを素早く察知したルヴフ市民は近親者を探すためにそれらの建物に向かいました。そこで目にしたものは想像の域をはるかに超えていました。監房に押し込まれ、あるいは刑務所の中庭に引っ張り出され、ガソリンをかけられて焼かれた死体の山がいまだにくすぶっていたのです。亡骸《なきがら》の中に近親者をみとめた人々が味わった苦悩。死体からはぞっとするような悪臭が漂っていました。それまで周囲を圧していた不気味なほどの静寂は人々の呻《うめ》き声、泣き声に変わりました。ドイツ占領者は数日のうちに刑務所を埋めていた無数の死体を片付けましたが、この仕事のために強制的に駆り出されたのはルヴフのユダヤ人でした。

やがて街中では食料事情が変化し、長い行列が姿を消しました。代わって現れたのは食料配給券でしたが、それは市民の空腹を満たす配給券ではありませんでした。労働義務もその性質を変え、若者が街中で駆り出され、強制労働のために第三帝国（＊ナチス統治下のドイツの呼称）に送られるようになりました。ドイツ占領者はウクライナ人ナショナリストの忠誠心と手助けを利用し、彼らはルヴフのポーランド人、ユダヤ人にとっては悲劇的な同盟者となりました。ソ連人が自らを「文化的民族」というのには冷笑をもって対処できます。一方ドイツ人はその外見と秩序性から確かに文化的な印象を与えます。しかし、何世紀にもわたって見事なドイツ文化を受け継いできた民族にふさわしい行動を彼らに期待するとしたら、それはむなしいだけでした。

一九四一年七月四日、新しい占領者に人間的な顔を求めようとする幻想は最終的に砕かれました。ドイツ軍がルヴフの総合大学と工科大学の教授たちを逮捕し、ヴレツキェの丘で銃殺したというニュースがルヴフの街を駆け巡ったのです。七月三日から四日にかけての真夜中、教授たちは家族ともども自宅から次々に連行されました。ドイツ軍は教授たちの住所をすでに熟知していました。ポーランド人知的エリートたちの名前と住所を記した独自の死刑確定者名簿をドイツ軍に提供したのは、ウクライナ人ナショナリストでした。それはルヴフ市民にとって明白なことでした。こうしてルヴフを占領したドイツ軍による最初の悲劇的行動のひとつが終わりました。七十年後、殺害された教授たちに敬意を表す記念像の除幕式がウクライナ側の長年の抵抗に打ち克ち、ヴレツキェの丘でとり行われました。この除幕式によって、ルヴフの教授たちの悲劇はようやく記憶にとどめられることとなったのでした。

さらなるルヴフの悲劇は、占領者に抵抗して地下活動に従事した人々の運命です。多くのルヴフ市民は地下秘密組織に直接的には参加しないまでも、陰で組織の活動を支えました。彼らがとった特徴的な行動とは、占領者が定めた禁制に対するある種の抵抗でした。たとえばラジオ受信機を所有したり、食料品を売買したり、労働証明書を偽造したり、地下情報出版物を読んだり配布したりしたのです。様々な状況下でナチスの手に落ちた人々はブリギトキやウォンツキの刑務所に留置され、多くの場合には拷問を伴う短い、あるいは長い尋問を受けた後、死刑を宣告されたり、マイダネクやアウシュヴィッツの強制収容所送りになりました。

ナチスは重労働や屈辱的労働にユダヤ人を利用しました。ソ連撤退後、彼らにブリギトキ、ウォンツキ、ザマルスティヌフ各刑務所を埋めていた死体を強制的に除去させただけではありません。犯罪の跡を消すためにヴレツキェの丘で殺害したルヴフの教授たちの死体をも発掘させました。ユダヤ人の手で掘り出された遺骸は焼かれ、残りはルヴフの東の郊外にあるレシェニツキの森に埋められました。

ルヴフのユダヤ人はドイツ占領初期から悲劇的運命に見舞われました。戦争前にはルヴフに十五万人のユダヤ人が住んでいましたが、ソ連占領時代にはさらに五万人増えました。ドイツは他の都市同様にルヴフにもユダヤ人ゲットー（＊ユダヤ人を強制的に住まわせた居住区）を設置しました。それは絶滅への第一歩でした。ユダヤ人に手を貸したり、救出したりすることは非常に困難で危険でした。それでも人々は様々な手段で彼らに手を差し伸べました。わたしのギムナジウム時代の友人マリア・ヴォザチンスカは自分の洗礼証明書をユダヤ人同級生のイーダ・クレインに渡しました。これによってイーダはアーリア人としての身分証明書でパレスチナに脱出することに成功しました。

ドイツ占領時代、ユダヤ人少年の父親が我が家のドアをたたきました。ソ連占領時にわたしがバイオリンを教えていたあの少年の父親でした。父親は息子の貴重なバイオリンを保管してほしいと申し出ました。正常な時代が戻ったら取りに来るとも言いました。優秀だった少年の父親がわたしたちを信用し、残していったバイオリン。しかしわたしはその後のバイオリンの運命を知りません。戦後、手を尽くして知ろうとしましたが、徒労に終わってしまいました。わたしたちが逮捕された後、バイオリンはどうなったのでしょう？　少年は、父親は、家族は、どうなったのでしょう？　幾度となくこの問いがわたしの胸に押し寄せます。彼らは悲劇的運命に見舞われたのでしょうか？　あるいは、何とか生きのびることができたのでしょうか？　わたしは少年の名前も苗字も覚えていません。思い出すのは彼の細い体つきだけ。

わたしの記憶にはルヴフのユダヤ人と結びついた別の光景も残っています。ルヴフ市内の東部を走る主要道路のひとつが、ドイツ占領時代にマツェヴァ（＊死者の経歴が刻まれたユダヤ人の石の墓標）によって舗装されました。その仕事に強制的に駆り出されたのはやはりユダヤ人でした。彼らにとっては何と心痛む労働だったことでしょう！

ルヴフには多くのドイツ人が家族とともに住みつきました。彼らは裕福なユダヤ人を追い出したあとの家やポーランド人から没収した家を奪い取りました。この新しい「ドイツ」の街レンベルク（*ルブフのドイツ名）には東部戦線に赴く、あるいは東部戦線から休暇で戻るドイツの兵士も滞在しました。彼らは食料品にも娯楽にも困ることはなく、満ち足りて見えました。

わたしと母は飢餓状態にありました。前述した配給券は空腹を満たすものではなく、日常的な支払いに要するお金はぎりぎりで、燃料に充てるお金はありませんでした。わたしは管理人の娘にピアノを教えて副収入を得ました。しかし、高いレッスン料をもらえるはずもなく、我が家の一室を貸し出したり、家具や父親の残した衣類、兄たちが家に置いていった物を少しずつ売ってしのぎました。皮麦《かわむぎ》、えんどう豆、小麦粉のような貴重品は田舎に住む親戚から闇ルートで手に入れました。わたしたちは空腹に苦しみ、寒さに震え、次第に弱っていきました。もちろん、わたしたちの状況が特別だったわけではありません。

特別だったのは、このような極限的な占領環境の中にあっても文化的生活に代わる何らかの活動の炎がかすかに燃えていたことです。ルヴフの音楽家たちは、もちろんこの社会こそがわたしに一番近い存在だったのですが、自らを無感動な状態に追いやるようなことはしませんでした。最大限の注意を払いながら個人の家で音楽を育む努力をし、数人編成の室内楽の演奏会を組織しました。クラシック音楽の他にルヴフの若い作曲家たちの作品も演奏しました。彼らにとっては秘密のコンサートが自らの才能を示す唯一の機会だったのです。わたしはそんなミニコンサートのひとつを覚えています。それは戦前に活躍したルヴフのポーランド・ラジオのアナウンサー、ツェリナ・ナフリクが自宅で催したコンサートでした。コンサートの雰囲気、そして折を見て行ったBBCラジオからの政治情報の交換は大きくなりつつあったわたしたちの意気消沈の状態を吹き飛ばしてくれました。このような手段によって、わたしたちはいたるところで体験させられているドイツ占領による無法状態と絶え間ない嫌がらせに容易に耐えることができたのでした。

ルヴフ地区が総督管区へ併合されたことにより、いろいろな地下組織の急使たちが占領されたワルシャワからルヴフにやって来るようになりました。そんな急使の一人が長兄のヤネク(＊ヤンの愛称)で、わたしと母に大きな喜びをもたらしました。しかしヤネクは誠実な地下運動家として活動の詳細をわたしたちに明かすことはありませんでした。戦後になってわたしは兄の地下活動とその後の悲劇的運命の検証を試みました。その時、ヤネクがワルシャワからルヴフへ、またルヴフからワルシャワへ様々な非合法出版物を運んでいたことをヒビンスキ教授からの情報で知りました。ヤネクはルヴフの作曲家たちが書いたパルチザン歌をまとめた音楽関連出版物も運んでいました(注3)。そんな作曲家の一人がゾフィア・イシュコフスカでした。戦後になってからゾフィアは、ルヴフでヤネクに会って自作の三篇のパルチザン歌を彼に手渡した時のことをわたしに話してくれました。それは一九四二年年六月のことでした。作品を手渡ししてしばらくしてからゾフィアは兄の知人を介し、一等賞の名目でかなりの額のお金を受け取ったそうです。それは占領下のワルシャワで行われた地下コンクールでした。

わたしと母はヤネクの身を案じました。ワルシャワからルヴフへの旅はいかなる場合も危険だったからです。列車の中ではドイツ人による入念な検札がありましたし、特に若い人は、当時のヤネクは三十二歳でしたが、あらゆる口実で拘束され、逮捕され、強制労働や強制収容所に送られました。よく覚えていないのですが、ヤネクがルヴフのわたしたちを訪ねて来たのは二回だったでしょうか、三回だったでしょうか。最後は一九四二年から四三年にかけての冬で、ちょうどクリスマスの時期でした。兄がワルシャワで何とかうまく対処し、それなりに家庭的雰囲気の中で生活していることを知って、わたしたちは嬉しく思ったものです。兄の方もわたしたちの状況が何はともあれ落ち着いていると思ったことでしょう。しかしこの比較的よかった時期は長くは続きませんでした。

注3　A.Chybiński, *Jan Józef Dunicz(1910–1945)*,『Ruch Muzyczny』 nr8/1948.

# 「わたしたちの逮捕理由は何ですか?」

我が家の家族構成は根本的に変わりました。長兄ヤネクは戦争勃発の直前に家を去り、次兄ボレクはソ連占領が始まったばかりの時にイギリスへの脱出に成功しました。したがって占領者であるソ連権力の規則からすれば、我が家には人数の割にかなりの部屋数があることになりました。そこでソ連当局は、我が家に一人の女性とその女性の三人の成人した娘を同居させました。ところが彼女たちは、ルヴフがドイツに占領されるやいなや早々に我が家から消えました。

ドイツの占領当局もまた、住宅に制限をかけました。母は住民登録事務所によって割り当てられる素性不明な人間の同居を避けるため、知人に紹介された二人のポーランド人を受け入れました。彼らは住宅管理機関とドイツ労働局で住民登録を済ませていました。二人とも貿易会社の社員ということで、各地を回って顧客を集める仕事をしていました。以前の同居人と違い、この二人はやっかいごとを起こしませんでした。そしてしょっちゅう、数日間、ルヴフを留守にしました。その生活スタイルは、もしや地下活動に従事しているのではと思わせるものでしたが、二人とも正規の身分証明書を持っていましたので、わたしたちは安心していました。いや、むしろ二人を受け入れたことで祖国の自由をかちとる闘争に自分たちもほんの少し関わっているとまで思っていました。

ある晩、ドイツ軍の制服を身につけた男が我が家のドアをたたきました。男はある人間の名前を挙げ、その人間がわたしたちの家に滞在していないかと尋ねました。事実、そんな人間はいなかったので、母は「いない」と答えました。しかし母は不安になり、同夜、旅先から戻った同居人の一人にそのことを話しました。同居人は自室に戻って荷造りをし、やがて出ていきました。それ以後、彼はもちろん、もう一人の同居人も我が家に現れることはありませんでした。その部屋は空き室となり、しばらくしてから母は住民登録事務所にその事実を申し出ました。しかし、その後も空き室の状態が続きました。

一九四三年一月十九日の早朝、五時から六時の間に再び我が家のドアがたたかれました。残念ながら今度はゲシュタポでした。母はかろうじて上着を羽織り、わたしは布団のなかで身づくろいをしました。その時に何人のゲシュタポがいたのか、わたしは覚えていません。彼らは乱暴な捜索を始め、有無をいわせずに出かける準備をするようにとわたしたちに命じました。母はドイツ語を完璧に話しましたので、勇を鼓して質問しました。「わたしたちの逮捕理由は何ですか？」と。母は顔を殴られ、それが質問の返事でした。

一九三九年からこの時点まで続いた戦争は、わたしたち母娘とボレクおよびヤネクを引き離しました。さらに、父の病気の進行と死を早める原因にもなりました。そして一九四三年一月十九日、わたしたちはマリア広場わきにあったルヴフの我が家から、暖かかった家族の巣から、永久に引き離されてしまいました。

## ウォンツキ刑務所にて

外は灰色の闇でした。いまだ人気のないコペルニク通りを経て、わたしたちはエリアシュ・ウォンツキ通りにある刑務所まで連れて行かれ、その間、会話は禁じられました。刑務所に到着するとひとつの部屋に導かれ、そこですべての貴重品を渡すことになりました。わたしは金の首飾りをかけたままにしましたが、残念ながらすぐに見つかってそれもはぎ取られました。

次にもっと大きな部屋に連れて行かれました。二人の親衛隊員が待っていました。尋問の直前、裸になって、前に立つようにと命じられ、わたしと母はこの命令にすっかりうろたえました。それまでお互いに裸体をさらしたことはありません。しかも男性の前で裸になることを強要され、パニック状態になりました。この無礼極まりない要求にわたしも母も強い屈辱感と無力感を覚え、打ちのめされました。

尋問では個人的な問題を聞かれ、わたしたちは正しいドイツ語で答えました。尋問者の前に裸で立つことで味わった、深くて全てを飲みこむほどの屈辱と羞恥の感情はこの時、永久にわたしの記憶に刻みこまれました。わたしは自分の体で母の体を少し隠そうとしました。わたし以上に傷ついているであろう母を思ってのことです。個人的な質問の他にどんな質問をされたのか覚えていません。質問者の口調、尋問がどのくらい長く続いたのかも覚えてはいません。ついに衣服を着ることを許されると、わたしと母は二階と三階の廊下に導かれ、別々の監房に入れられました。逮捕されて以来、わたしたちは会話することができませんでした。そしてさらに今度は離れ離れにされました。この別離は、散歩時とジャガイモ倉庫で何回か出会ったことを除けば、この刑務所にいた九か月間、続きました。

刑務所第一日目に、もうひとつの衝撃が待っていました。それは監房とそこにいた女性たちの様子です。それほど広くはない陰気な部屋に目をはわせました。ひとかたまりになって床の上に並んで横になっている女性たち。あるいはうずくまるように座っている女性たち。監房に入ってすぐに、わたしはドアのそばに座っていた一人に、どのくらい長くここにいるのか、と聞いてみました。三か月という言葉が返ってきました。信じがたいことでした！

部屋のひと隅に表面がこそげ落ち、まだ汚れの残っている椀が積まれていました。それは、汚れや欠損など意に介さずに女性たちが使う食器であることが昼食時にわかりました。監房に運ばれてきたスープは吐き気を催すような匂いで、腐ってカビのはえたジャガイモと焦げたオートミールが浮かんでいました。刑務所に入って最初の数日間はわたしにとってことさら辛いものでした。生理的要求を処理するために使う容器、それが部屋の隅の目に見える位置に置かれた手桶とバケツだったこともまた耐え難い衝撃でした。生理的要求の処理は人々の眼前で行われたのです。一日に二度空にされる手桶からは汚物があふれて床に流れ出していました。床にはベッドに代わるような寝床はありません。みんな床に直に横になって寝たのです。布団代わりに使ったのは身につけている衣服だけでした。**ズガング**（注４）と呼ばれた新参の囚人が、わたしも一定期間**ズガング**でしたが、横になることができたのは、手桶のすぐそばの床でした。その床は一度ならず満杯になって手桶からあふれた汚物で濡れていました。

監房の人数は時によって変わりました。十五人以下になったことはなく、ときには三十人に達したこともありました。社会的地位、知的レベル、年齢はまちまちでした。さらに国籍も様々で、最も多かったのはポーランド人、次にユダヤ人でした。ユダヤ人は尋問の際にしばしば酷い拷問を受けました。ウクライナ人もいました。

運命のおぼつかなさ、密告者に対する不安からわたしたちは打ち解けた会話は一切せず、廊下や隣の監房から呻《うめ》き声や叫び声が聞こえた時にせいぜい二言三言を交わすだけでした。隣の監房のドアが開け閉めされる音が聞こえると、わたしたちは尋問に呼び出されるのではと不安に駆られました。尋問から戻った囚人は殴られていたり、血まみれになっていることが多かったのです。親衛隊員の中でもとりわけ悪名が高かったのはヴァルテル・マルテンスで、異常なほどの残忍さで知られていました。彼が近くに来たことは、彼の興奮したかん高い声と連れている犬の吠え声ですぐに分かりました。

監房でわたしは戦前の数学教師に出会いました。教師の夫はユダヤ人でした。わたしもその教師もお互いに知り合いであるとの素振りは一切見せないようにしました。ドイツ人がどのようにユダヤ人を扱うかは分かっています。もしかすると、教師の家族関係はまだ明るみに出ていなかったのかもしれません。しかし、教師の安全だけではなく、わたし自身の安全を考え、言葉は交わしませんでした。ドイツ人は各監房に巧みに偽装させたスパイを入れていました。ですから、いつも気をつけなければならなかったのです。誰かの知人であることが知られると、さらにより残酷な尋問を受けるはめになりました。

自分を、そして一番の近親者を案じることで精いっぱいの刑務所において人間らしさを保つ試みとなったのは「解毒剤」を探すことでした。希望のない状況に対する解毒剤です。わたしたちはそれを歌や詩の朗誦、そして物語の中に見出しました。わたしたち囚人は意識的に親密になることを避けはしましたが、そのことはお互いに支え合ったり、弱者や落ち込んでいる者、誰よりも尋問で虐待を受けた者に手を差しのべたりすることがなかったということでは決してありません。

日々は同じように過ぎました。朝、当番は手桶を空にし、監房を掃除するための水を運んで来ます。はめ木の床（戦前、この五階建ての大きな建物には警察本部と個人の住まいが入っていました）を水拭きし、乾くと底の平らな瓶を使って磨きました。そのためにこの仕事はビン磨きと呼ばれました。囚人は自ら進んで監房の清潔を保ちました。この作業は刑務所の憂鬱《ゆううつ》な単調さに打ち克つ効果がありましたし、あらゆる衛生的原則を逸脱する環境の中で我が物顔に繁殖するシラミ、南京虫、その他の厄介な害虫を極力抑えることもできました。

毎朝の点呼で行われたのは、房の「年長者」と呼ばれる特定の囚人が司令官と同伴の看守の前で囚人の数を報告することでした。監房には自身も囚人である医師もやって来ました。医師は健康状態について基本的な質問をしました。記憶に残っているのは一人のユダヤ人医師です。彼は女性たちに常時不足している生理ナプキンを渡してくれました。しかし、刑務所での滞在がある程度過ぎると、劣悪な生活条件が災いして月経がなくなるのが普通でした。

週に一度、囚人たちが待ちわびた日があります。ドイツ占領政府の許可を得てポーランド人が立ち上げた支援総評議会ＲＧＯが、おいしい食事を届けてくれたのです。一番多かったのはオートミールかレンズ豆でした。それはわたしたちがおいしいと思って食べた唯一の食事でした。そして週に一度、時にはもっと稀でしたが、入浴することもできました。さらにＲＧＯのお蔭で汚れた下着を家族の元に洗濯に出し、清潔な下着を受け取ることもできました。しかし、それでもシラミ、特にものすごい数の頭ジラミから身を守ることはできませんでした。

わたしたち囚人は夜は床に並んで横になり、身に着けている衣服だけをかけて寝ました。日中は膝を抱えて腰を下ろしていました。時には刑務所の中庭に連れ出され、厳しい監視の下でぐるぐると十五分間、歩き回ることもありました。

その散歩の時に逮捕以来初めてわたしは母を目にし、長い会話は禁じられていたものの、二言三言の言葉を交わすことができました。わたしと母はそれまで行われた尋問について短い情報交換をしました。どちらも我が家に住民登録した二人のポーランド人について聴かれていました。そのことから察して、彼らを我が家に同居させたことがわたしたちの逮捕理由になったようです。

占領下において希望のない状況に陥ったことは、どうにもならないことでした。そう納得したわたしは逮捕理由に思いをめぐらすことをやめ、また誰をも責めたりしませんでした。わたしにとって最大の心配ごとは、母がこの非人間的環境の中で生きのびなければならないことでした。しかし、別々の監房に入るよう申し渡され、母の様子を知ることもできなければ、母に手を貸すこともできませんでした。逮捕から一週間後、尋問で聴かれたことのひとつは、一九四三年のクリスマスから新年にかけて我が家に滞在した若い男性に関するものでした。その男性とはわたしの兄ヤネクです。兄はワルシャワからルヴフにやって来たのですが、それはルヴフがドイツの占領域に入ってからの最初の訪問ではありませんでした。そしてその時がわたしたちの、つまりわたしと母とヤネクの人生最後の出会いになりました。なぜなら戦争はその後、わたしからこの最愛の二人を奪ったのですから。

尋問では、我が家を訪れた人たちについて聴かれました。そのことから察して、我が家はずいぶん前から監視されていたことになります。わたしたちの逮捕後、ドイツ人は我が家に「釜」と呼ばれる罠をしかけました。それを突き止めたのはわたしの同僚で、彼女はわたしの不在に不安を抱き、確認するために我が家を訪れました。そして彼女は中に導かれるとすぐに逮捕されました。幸いにも数日後には解放されましたが、「釜」はさらにしばらく続き、そのことに管理人のレトキェヴィチさんも気づきました。ある日、叔母が約束の日に現れなかったわたしたちを案じ、様子を見てくるようにと従兄を寄越しました。その従兄にレトキェヴィチさんはタイミングよく危険を知らせたのです。従兄はレトキェヴィチさんのお蔭で逮捕を免れ、叔母はわたしたちがウォンツキ刑務所に拘置されていることを知りました（注５）。この刑務所のありきたりな名前ウォンツキはソ連占領時代も、そしてドイツ占領時代もルヴフ市民にとって恐怖そのものでした。わたしと母は自らの肌でその恐怖を味わったのです。

戦後、しかも八〇年代になってからわたしは知人のチェロ奏者から受け取った雑誌（『傾向』一九八八年五・六号、『文学生活』一九八三年二十九号）でルヴフの地下組織に対するゲシュタポの大規模な掃討行動について知りました。その行動の際には多くの逮捕者が出ていました。広範囲に実施されたこの弾圧の犠牲者は地下活動に直接かかわっていた者だけではなく、わたしたちのように地下活動家に部屋を貸した間接的な関係者にも及んでいました。

刑務所でわたしたちは見捨てられていたわけではありません。刑務所の外からも多くの支援を受けました。中でも最大の支援者は前述のＲＧＯでした。囚人の家族はＲＧＯと協力して汚れた下着を洗濯し、清潔な下着を届けてくれました。最低の衛生環境の中で、これは重要なことでした。この支援には別の、非常に人間的な意味もありました。つまり、帰りを待ちわびている人たちの愛と配慮を証明していたのです。わたしたちが帰還できるのは、戦争が終わることでした。わたしたちは戦争が終わって初めて失った祖国とルヴフの自由が戻ってくると信じていました。

九か月にわたるウォンツキ刑務所滞在の間には、前線の状況に関する期待に満ちた噂《うわさ》が流れてきました。沈む気持ちを鼓舞してくれるニュースを届けてくれたのは、刑務所で働いている人や民間人でした。彼らは刑務所職員として勤務していたり、あるいはボイラーマンや、刑務所建物内で働く専門的職人たちでした。様々な情報や家族からの手紙を届けてくれたり、あるいは別々の房に故意に入れられている家族に会える機会を作ってくれたりしました。ある刑務所職員は独自の地下組織に従事していました。彼らはわざと甲高い声を発したり、乱暴さを装ったり、これみよがしの冷厳な行動に出たりしてゲシュタポの警戒心を鈍らせ、その間に囚人たちと接触しました。そんな彼らの行動がわたしたち囚人に様々な手を差し伸べてくれているると何度も実感したものです。

ある女性看守はわたしの母が別の監房にいることを知り、ジャガイモ倉庫で会うことができるようにしてくれました。ジャガイモの皮を剝《む》く労働にさし向けてくれること自体が監房を離れる機会を与えてくれるので非常にありがたいことなのに、その上、何か月も顔を見ていなかった母に会わせてくれたのです。

ある時、わたしは看護婦の囚人と接触することができました。彼女は看護婦としての良い腕を見込まれ、親衛隊員たちと良い関係を持っていました。親衛隊員たちは彼女から医療的手当を受ける際に時々情報の断片を提供したり、彼女の小さな願いを聞き入れたりしていたのです。わたしが刑務所の洗濯場で数日間の労働に当たることができ、そのことが将来的にとても役立っこととなったのは、まさに彼女のお蔭でした。

この看護婦は、親衛隊員からわたしにとっては重要な情報を手に入れてくれました。それはかつて我が家に住民登録した間借り人たちが地下組織のメンバーだったというわたしと母の推測を最終的に裏付ける内容でした。そしてそれはわたしたちがドイツ占領者にとって危険人物の範囲に入っていたことを示していました。その親衛隊員は我が家の間借り人たちのことを大物だった、と表現していました。つまり我が家の間借り人たちはポーランド国内軍の幹部メンバーだったのです。残念ながら彼らのその後についてわたしはまったく知りません。

わたしの洗濯場での労働は、巧みに組織された囚人支援活動の一部でした。洗濯場では一人の男性囚人が働いていて、彼は民間のボイラーマンと接触していました。そのボイラーマンはわたしの戦前の知人で、工科大学の学生だったテオドル・クラトフです。

わたしもテオドルもアルクトフスカ先生が教えていた英語の授業に出ていました。先生は彼のことを冗談っぽくミスター・グリーンと呼んでいました。かつて会話のレッスンで英語を介して話をした仲のミスター・グリーンは、普通の生活では大したことはなくても刑務所内では特別な意味を持つ品物を調達してくれました。わたしが最初にお願いしたのは密な歯を持つ二本の櫛《くし》でした。ひとつは母用に、もうひとつはわたし用に。頭ジラミの厄介さはまさに地獄だったのですから。彼のお蔭で何度かサンドイッチも受け取りました。わたしはそれを他の囚人の手を借りて母に渡すことができました。母の健康状態は逮捕時にすでに非常に悪く、何か月にもわたる拘留で体調はますます悪化していました。わたしは死と隣あわせの危険の中で、無私の手を差し伸べてくれたすべての人に深く感謝しています。幸運にも戦後、わたしはミスター・グリーンが生きのびたことを知り、深い安堵と喜びを覚えました。さらにクラクフで会う機会もありました。その時には個人的に感謝の念を伝えることができました。また多くの危険を顧みずに支援してくれた二人の看守も生きのびていました。

一九四三年の初め、前線から期待の持てるニュースが届き始めました。それは一方では元気をくれるものでしたが、もう一方では根拠のある不安を伴いました。ドイツは東部戦線で敗れ、その結果、東部マーウォポルスカ地方から、ズウォチュフ、スタニスワヴフ、タルノポルから囚人たちの撤退が始まったのです。囚人たちはそれまでわたしたちが散歩に使っていたウォンツキ刑務所の中庭に収容されました。もちろん雨露をしのぐ屋根はなく、空が見えるところです。そのことをわたしたちは看守から聞いて知りました。どんな運命が彼らを待ちうけているのかを考えました。

注4　イタリック（＊訳文ではゴシック体）で表示したものはドイツ語に由来した収容所の隠語。巻末で説明している。

注5　わたしの叔母で教母でもあるヘレナ・スタットミュレローヴァ（後にサビンスカ姓を名乗る）はすぐにＲＧＯを介してわたしたちに対する支援を始め、後にはアウシュヴィッツ収容所に食料品の小包や手紙を送ってくれた。

# 家畜用貨車で未知の場所へ

一九四三年九月三十日の晩、監房の扉が次々に開けられ、囚人たちが呼び出されました。わたしたちの房の扉も開き、順番に苗字が読み上げられ、呼び出された囚人は房を出ました。幸いにもわたしは廊下で母に会うことができ、並んでいるトラックの一台に一緒に乗り込みました。到着先はチェルノヴィェツキ駅でした。駅には家畜用貨車を連結した列車が待ち受けていて、わたしたちは各車両におよそ八十人ずつ押し込まれました。車内には一分の隙間もなく、しゃがみ込むことさえできず、立ったままの状態でした。しばらくすると疲労はピークに達し、かわるがわるに場所を譲り合い、少しの間でも座り込まずにはいられませんでした。酷い蒸し暑さ、空気不足、極限の疲労、そして最大の悪夢である飲み水の欠乏によってわたしたちはますます体力を消耗し、失神し、苦痛を覚えました。

すぐ近くにギムナジウム時代に知り合った女医のヴァンダ・シャイノコーヴァ先生が立っていました。学校で女性軍事訓練隊の指導をしていた先生です。かつての教え子であるわたしに気がついたかどうかは分かりません。何の素振りも見せませんでした。わたしは先生がすでに第一次世界大戦時から祖国の防衛に尽くし、生徒には祖国に対する犠牲的精神を植え付ける教育をしていたことを覚えていました。ですから先生はドイツ占領政権に抵抗する重要な目的を抱えていたのでしょう。意識的にわたしたちは他人のふりをしました。戦後知ったことですが、当時、先生は偽名を使って地下に潜り、ハリナ・ソボレフスカという名前でゲシュタポに逮捕されたのでした。しかし、車内で先生が下痢に襲われた時、わたしはすかさず手を差し伸べました。輸送中、わたしたちは普通に生理的要求を処理することはできませんでした。わたしはウォンツキ刑務所から持ってきた食事用の深皿を先生に提供しました。この単純な行為は先生を救っただけではなく、しばらくは車内を汚さずにすみました。汚物の入った深皿は囚人たちの頭上を小さな窓まで移動し、金網越しに外に捨てられました。みんなほっと胸をなで下ろしたものです！

わたしたちの旅は三昼夜続きました。残念なことに時間の経過とともに、混雑した車内の衛生状態は次第に悲惨なものになりました。列車はいくつかの駅と待避線で停車しましたが、飲み水は与えられず、正常な手段で生理的要求を満たすこともできませんでした。それはわたしたちにとっては大きな苦痛であり、屈辱でしたが、ドイツ人にとってはポーランド人を人間以下の存在として扱うナチスのイデオロギーに合致した標準的手段でした。

喉の渇きと家畜用貨車の残酷な輸送環境に苦しみながら、わたしたちはいずれとも知らない目的地に向かいました。貨車の板の隙間から、あるいは小さな格子の入った窓から通過駅を覗《のぞ》き見ることのできた者は口伝えでどこを通過したかを教えてくれました。一方、他の囚人たちは、その中には母もいたのですが、列車が向かっている方向から行先を察知しようとしました。つまりマイダネク収容所なのか、オシフィエンチムにある収容所なのかを。母は、通過した駅名や南西に向かって走っていることから、オシフィエンチムに向かっていると判断しました。

一九四三年の後半を迎えた頃になると、総督管区に住むポーランド人、そしてルヴフ地区に住むポーランド人であればオシフィエンチムという名前が何を意味しているのか、それは明らかでした！

# ビルケナウの監房にて

途中、列車は何回も数時間の停車を繰り返しました。停車の理由は東部戦線に向かう軍の輸送列車および西に向かうドイツ人負傷兵を乗せた列車の通過を優先させるためでした。

貨車に乗って三日目が過ぎようとした時、つまり十月三日の夜遅く、列車はアウシュヴィッツ駅の待避線に停車しました。アウシュヴィッツとは、ドイツが一九三九年に第三帝国に直接併合したポーランドのオシフィエンチムに与えた名前です。一九四〇年六月、彼らはオシフィエンチム市内に、その後には近隣の村々に巨大な強制収容所を作りました。そこがわたしたちの旅の最終目的地でした。

わたしたちが降ろされた待避線は、今は**アルテ・ユーデンランペ**（旧ユダヤ人降車場）と呼ばれています。なぜなら一九四四年の五月まで大勢のユダヤ人が絶滅のためにここに運ばれてきたからです。しかし、運ばれてきたのはユダヤ人だけではありません。わたしたちのようにルヴフの囚人たちもいたのです（注6）。

車両の扉が次々に開けられました。閂《かんぬき》を外す音、叫び声、親衛隊員が連れている犬の執拗《しつよう》な吠え声、そして最後に目を刺すような投光器の光が車両に届き、わたしたちは車両の外に追い立てられました。

人々は体力の消耗から次々に倒れました。その時、わたしと母が力を振り絞ってとった行動、それは混乱の中で離れ離れにならないようにすることでした。秋のつき刺すような冷気によってわたしたちの頭は少しずつ働き始め、拡声器から流れてくるドイツ人の声が理解できるようになりました。それは力がない者、病気の者、あるいは老いた者は待っているトラックに乗るように。そうすればそれなりの場所に運んで行く、という内容でした。わたしと母はしばらく思案しました。母はトラックに乗った方がいいのではないかと。苦しかった旅の後、母の足は腫れ、痛みを伴っていたからです。しかし、一緒にいる決断をしました。わたしたちはおよそ千人からなる縦隊に組まれ、暗闇の中を収容所へと連れていかれました。

注6　D.Czech, *Kalendarz wydarzeń w KL Auschwitz*, Oświęcim 1992, s. 53l.

# 「ここにはせめて空間があるわ！」

ビルケナウとはどんな所なのか、当時のわたしたちはまだ多くを知りませんでした。**アルテ・ユーデンランペ**から一キロメートル足らずにある収容所まで歩きました。その時点でわたしたちはまだ、トラックに乗り込んだ人たちをその後二度と目にすることがなくなるなんて、思ってもみませんでした。

わたしたちがたどり着いたところは「死の工場」でした。四基のガス室とクレマトリウム（死体焼却炉）がほとんど絶え間なく作動していることを知ったのはそれから間もなくのことです。まさにここでドイツ人はユダヤの民に対して完全かつ瞬時の絶滅を実行していたのです。またここに収容した何千人ものポーランド人囚人、ソ連人捕虜、ロマ（ジプシー）、他の国の市民、そしてとりわけ最初の選別をくぐり抜けたユダヤ人に対しては飢えと殺人的労働による緩慢な絶滅をも実行していました。

残酷な苦痛を味わった体は強烈な感覚で休息を求めました。わたしたちは大きくて陰鬱《いんうつ》な納屋のような木造バラックに追いやられ、やがて戸が閉められました。飲み物も食べ物も与えられないさらなる夜でした。陰気な内部をかろうじて照らしている電気の光が、雑然と並ぶ**コーイェ**（三段の寝棚）を示していました。わたしや母よりもまだ余力のある女性たちが素早く寝棚を占領しました。わたしは下の段にたったひとつ空いている場所を見つけましたが、板敷はなく、ましてわら布団なんて望むべくもありませんでした。見張り役に母を残し、わたしは板切れを探しました。戻ってみると、空いていた場所には母をはねつけた別の女性が横になっていました。その時わたしは、自分でも驚いたのですが、手にしていた板切れを使って人生初の殴り合いに挑みました。わたしの望みはその女性が「自らの体をどける」ことでした。「どける」という言葉がわたしの思考に押し入り、わたしたち同様に苦痛を味わっているであろうこの女性を殴るという行動に導いたのです。囚人が自ら悪魔的倫理の選択をするように迫るのは、ナチス・ドイツ殺人者が使う狡猾《こうかつ》な行動手段でした。

眠りは休息をもたらすどころか、朝の三時頃には起床ラッパが響いて残酷にも破られました。わたしたちは収容所の**ザウナ**（収容所の浴場）に追い立てられ、真っ裸になるように命じられました。そして脱いだ衣類だけではなくウォンツキ刑務所から持ってきた粗末な洗面道具まで取り上げられてしまいました。集団で裸体をさらす屈辱感、羞恥心を表現するのはむずかしいことです。シャワーの下に追い立てられました。四日四晩、顔も体も洗っていなかった身にとってシャワーは一番必要としたことであり、夢見たことでした。裸の女たちを見て楽しんでいる親衛隊員たちは、氷のように冷たい水とかなり熱いお湯を交互に流しました。そんないやがらせに耐えながら、わたしたちは石鹸《せっけん》の代わりに粘土質の小さなレンガで体を洗いました。レンガは泡立つどころかべとべとの物質へと変わりました。「麻痺的な衝撃」。この二つの単語によってその時のわたしたちの気持ちをある程度再現できるかもしれません。これらすべては、信じがたいことですが、本当に起こったことなのです。他者をおとしめる嫌がらせの手段を計画的に実行できる人間がいたこと、そのこともまた信じがたいことでした。

わたしたちを人間以下の存在としてさげすむ次のステップは、坊主頭にすることでした。しかも切れ味の悪いカミソリで。その任にあたったのはスロヴァキアのユダヤ人で、彼らは新入り収容者の受け入れ作業に当たる**コマンド**（囚人労働隊）に属していました。衣服を奪われ、頭を剃《そ》られ、わたしたちは麻痺状態のとぐろとなり、お互いに見分けもつかないような塊となって、げらげら笑いながら歩き回る親衛隊員の絶え間ない嫌がらせにさらされながら立っていました。

何とか自分の裸体を隠そうと骨折っている女性たちの姿を目にするのは、辛いものでした。かつては肉づきのよかった体がここ数年の戦争の飢餓で急激に痩せ、その結果、見るも無残に形が崩れていました。腹部、胸部、臀部《でんぶ》には皮膚の襞《ひだ》が垂れ下がり、ボッシュ（＊オランダの画家一四五〇?〜一五一六）の絵から飛び出した怪物そのものでした。

その時、そばに母がいないことに気がつき、わたしはぎょっとしました。坊主頭の女たちに囲まれ、その中に坊主頭の母もいることにわたしは一瞬気がつかなかったのです。母の方はわたしを見分けていました。そして言いました。娘であるわたしの頭を見ていたら、少年だったころのヤネクを思い出したと。ヤネクとは母の長男であり、わたしの長兄です。

わたしたちは列を作って進み、狭い通路に近づきました。通路の両側には縞柄の囚人服の男たちが立っていて、そのうちの一人が切れ味の悪いかみそりでわたしたちのわきの下と下腹部の体毛を剃り落としました。もう一人の男は消毒液のような物に浸した布きれで剃った部分をさっと「洗い」ました。命令によって男性囚人に課せられた行為ですが、これもまた新しく入った収容者をおとしめ、卑しめるさらなる背信的嫌がらせにほかなりませんでした。呆然自失の状態に陥ったわたしは、男たちのささやき声を耳にしました。「怖がるな。許してくれ。これも命令なんだ」。しかし、怖がらないなんて無理なことです！　わたしたちはまさにパニック状態でした！　二人の男性囚人は品位を持ってことに当たりましたが、わたしたち女性にとって男性の前に裸で立つことは屈辱以外の何ものでもありません。海辺でも、カラフルな雑誌の中でも、テレビの画面でも女性のヌードがまだ見られなかった時代のことです。しかし、屈辱的状況の中で発せられた言葉ではあっても、男性囚人のささやき声は品位をずたずたにされたわたしたちに元気を与えてくれた最初で最後の言葉でした。

衣服の引き渡しを待つ時となりました。ところが先刻脱いだ自分の衣類が戻ってくるという期待は裏切られました。衣服というよりはむしろ収容所のぼろ服が、実にグロテスクなやり方で分配されました。わたしたちは円を描いて並び、早足で前に進みました。円の中心には一人の女性囚人が立ち、一枚一枚の下着を次々に投げよこしました。彼女のそばには下着が山積みになっていて、その山の中から走って来る者たちに身長や体型に気を配ることなく、シャツやパンツを投げよこしたのです。下着類は清潔を装ってはいても、色は灰色で気持ちが悪くなるような大小の褐色のしみがついていました。囚人としての体験からこのしみが寄生虫をつぶしたあとの血、あるいは排泄物の跡であることは容易に推察できました。多くはぼろぼろになっていました。せめてサイズが合うようにとわたしたちは「新しい」下着を囚人どうしで交換しました。

同じやり方で渡された上着の方はもっと悪い状態でした。一九四三年秋といえば、東部戦線の戦況が影響してドイツはあらゆる面で節約を強いられた時代です。それは囚人服にも及び、彼らはガス室で殺害したユダヤ人が大量に残し、収容所倉庫に保管していた衣類や靴の中から品質のより悪いものを利用しようとしました。より良い品物は列車でドイツ本国に送られて当時のドイツ市民の需要を満たし、あるいはアウシュヴィッツにいる親衛隊員およびその家族のために多くの場合は非公式の賞与として利用されました。そのことをわたしが知ったのは少し後になってからです。そんな囚人服を着せられたわたしたちの格好といったら悲劇的であり、喜劇的でした。しかしわたしたちはひとかけらの笑みを浮かべることもなく、不信と驚愕と嫌悪の表情でお互いの姿を眺め合うだけでした。

再び並ばされました。今度は入れ墨の列に。小さなテーブルに進み、その上に左腕を乗せると、向かいに座る女性囚人がわたしたちの腕に収容所番号の入れ墨を施しました。青い墨汁のインク壺につけたありきたりのペンを使いました。わたしは**ヘフトリング**（囚人）64118となり、後に続いた母は**ヘフトリング**（囚人）64119になりました。それ以来、わたしはヘレナ・ドゥニチではなくなり、母はマリア・ドゥニチではなくなったのです。

わたしたちの収容所生活は、第三帝国にとって利益をもたらすものでなければなりませんでした。そのために彼らは収容者の職業を知る必要があり、次の部屋でわたしたちは人間ではなく、番号として登録されました。つまりわたしたちは番号として名前と苗字、年齢、生誕地、国籍、学歴、職業を記録されたのです。わたしはルヴフのヤン・カジミェシュ大学教育学部とポーランド音楽協会高等音楽院のバイオリンクラスを卒業した番号になりました。こんな学歴は収容所ではまったく役に立たないと思われました。ところが意に反してわたしの登録をした女性囚人は関心を示し、収容所には音楽隊があるので、わたしをその音楽隊に登録できるかもしれない、と言いました。わたしはすぐに不安にかられて聞き返しました。「母はどうなるの？」。登録係の囚人はなだめるように答えました。「後で何とかなるわ」。収容所にオーケストラがあるとの情報にわたしは興奮しました。シベリア労役に従事した音楽家流刑者の運命は、他の流刑者たちの運命よりもいつもずっとましだったことはポーランドの歴史文学が教えています。もしかしてチャンスがあるかもしれない、とわたしは思いました。ドイツの強制収容所で音楽がいかに卑劣な目的に利用されているか、その時のわたしは知る由もありませんでした。クレマトリウムの煙突から吹き出す赤い炎と黒い煙を背にして演奏を強制されるなんて、その時はまったく知らなかったのです。これまでの人類の歴史において、そのような舞台で音楽が演奏されたことは一度としてなかったはずです。当時のわたしはそんなことを考えてもみませんでした。

登録係の囚人とは後になって個人的に知り合う機会が訪れました。彼女はポーランド人で名前はマリア・シフィデルスカ。通称はイーシカと呼ばれていました。イーシカは収容所の音楽隊ブロックにいるバイオリン奏者ヴィーシャをよく訪ねて来ました。イーシカとヴィーシャはどちらも戦前の女性軍事訓練隊のメンバーで、親しい間柄でした。

ビルケナウでの第一日目を考える時、わたしは、これらすべてのプロセスがどんな順序で行われたのか、延々と続いたのか、それとも素早く進んだのか、詳しく思い出すことができません。味わった衝撃の度合いがあまりにも大きくて、わたしの記憶に永遠に残ったことといえばそれは屈辱であり、人間としての尊厳をはぎ取られた感情であり、わたしたちの苦難を黙って見ていた人々とその苦難を引き起こした張本人に対する麻痺的な恐怖と反感であり、さらにそんな運命をもたらしたのがヨーロッパの文化的民族を代表するエリート出身者だったという驚きです。

収容所の全構造と組織は囚人を恐怖によって麻痺状態に追い込み、おとしめるために、背信的に考え出されたものだとわたしは思っています。卑下されたという感情が行き着く先は囚人の精神的、身体的破滅でした。それはバラックでの非人間的生活環境と飢餓によって実行されました。そのことについては後でさらに記述しますが、全てはまずは**ズガング**（新入り囚人）の登録から始まったのです。

恐ろしい**ザウナ**に入る前に頭をよぎり、母と共有した思いをわたしは今でも時々反芻《はんすう》します。あの時、わたしは母に言いました。「母さん、これってもう終わりの始まりだからね」。戦争の終結が近づいていると考えて、わたしはそう言ったのです。ドイツが後退していることはみんな知っていました。一九四三年十月でした。スターリングラードでの敗北（＊同年二月二日）以来、ドイツは後退を続けていたのです。ところで、わたしはそれがわたしたち自身の終わりの始まりであることをも考えていたのでしょうか？　希望を持つことが必要でした。全てを乗り越えられると。母がその時に何か答えたのか、それは思い出せません。周囲の状況に目を向けながらわたしはさらに言いました。「ここにはせめて空間があるわ」。ここでは少なくとも新鮮な空気の中で動き回ることができるのだから、足の踏み場もなかったウォンツキ刑務所の監房よりは容易に耐えられるであろうとわたしは思ったのです。

アウシュヴィッツ＝ビルケナウの空間は百万人以上の犠牲者を飲みこみました。わたしの母もその中の一人になりました。わたしは間違った言葉で母を励ましました。何と幼稚だったことでしょう！

## 第25ブロックにて

登録を終えると、わたしたちは第25ブロック（＊ブロックとは収容所の建物棟のこと）に追い立てられました。このブロックには女性収容所で唯一の中庭があり、門で閉じられていました。ルヴフで輸送手続きが行われる直前に与えられた小さな一切れのパンがわたしたちの最後の食事でした。それから四昼夜が過ぎています。むせるようにして水を飲んだ唯一の機会は**ザウナ**で忘れがたい入浴をした時でしたが、その水の臭い、赤みがかった色、鉄っぽい味にはぎょっとしたものです。飲料水に適さなかったことは言うまでもありません。

ビルケナウでの二日目の夜を迎えようとしていました。第一日目に入れられた陰気な木造バラックに代わって、この日わたしたちが入れられたのはやはり陰気なレンガ造りのブロックで、ここには三段の幅広の**プリチェ**（寝棚）が所狭しと並んでいました。わたしは自分と母のために最下段の場所を見つけることができました。湿気を含んだレンガが地面にじかに並べられているだけで、わら布団のような寝具は一切ありません。頭と足の位置を交互にして横たわっている八人の女性たちを覆っているのは二枚の灰色の毛布で、汚れでべとべとし、シラミがたかっていました。このような環境で、わたしたちは四週間にわたる隔離期間を過ごしました。非常に寒くて、夜は衣類を全部身に着けたまま眠りました。横になるや否や、寝棚の板や毛布に群らがっていた南京虫と衣ジラミがすぐに這《は》い寄ってきました。翌朝からわたしたちは害虫駆除を始め、ルヴフの刑務所に九か月間いたことで駆除には慣れているはずでしたが、ここの虫たちはモンスター級でした。必要としている眠りはそのために悪夢へと変わり、さらに寝ている体の上をハツカネズミやドブネズミがはね回りました！

寝棚の下段と中段は非常に不実な造りになっていて、座ることはおろか背中や頭をまっすぐにすることさえできませんでした。ブロックの構造そのものには寝棚をもっと高くするのに十分の余裕はあるのです。寝床に入るには、まるで犬が小屋に入るかのように四つん這いになり、それから横になるしかありませんでした。そんな環境の中では毛布を引っ張ったとか、自分の場所の方が狭いとか、いびきがうるさいとかなど、囚人どうしの間ですぐに誤解やいさかいが生じました。そんな夜を経ると疲労と酸素欠乏から意識がもうろうとした状態で起床し、汚れと悪臭と目を背けたくなるような姿から、囚人どうしのいがみ合いが生じたのです。

収容所の住環境と関連していたのは、洗面と生理的要求の処理の問題でした。ビルケナウの住居棟内にはトイレも洗面所もなく、その代わりに有刺鉄線の近くに住居棟とは別個に衛生棟が建設されました。この衛生棟の便所と洗面所は今も残っています。

「死のブロック」と呼ばれた第25ブロックは第26ブロックと塀でつながっていて、両ブロックの間にある中庭は門によって閉じられていました。隔離期間中は門の外へ出ることはもちろん不可能でしたから、わたしたちのトイレとなったのは「棒」便所、つまり塀際にある汚物穴でした。それを利用するために、わたしたちはおよそ七十センチメートルの高さの二本の支柱の上に固定された数メートルの長さの棒の上にしゃがみました。それはぞっとするような手段で、汚物穴に落ちるのではという不安がいつも付きまといました。

今、ブジェジンカ（＊ビルケナウはドイツがつけた名前で、本来のポーランド名はブジェジンカという）を訪れ、第25ブロックの中庭に足を踏み入れると、わたしは当時味わったのと同じ恐怖感と反射的な嫌悪感に襲われます。ナチス・ドイツが「人間以下」の者たちのために考え出したこの屈辱的構造物を利用せざるを得なかったことが、今になっても蘇るのです。

あの悪夢のような環境においては、一片の紙切れさえありませんでした。その目的のために萎《しお》れた葉っぱを利用したり、あるいは滅多にないことでしたが、ひらひらと舞い上がっている使い古しの紙を素早くつかんで使ったものです。内密にすべき生理的要求を、わたしたちは同じ収容者の目の前で処理しました。なぜなら隔離期間の日中、収容者はブロック内に留まることは許されず、雨が降ろうが槍が降ろうが、この閉じられた不幸な中庭で待機していなければなりませんでした。今、わたしは、人間を卑下する悪夢のような状況を描写するためにこのように詳細に記していますが、この悪夢からわたしたちは逃げることはできなかったし、この悪夢のせいで気が狂うことだってあったのです。

次の問題は、顔も手も洗うことができないことでした。清潔でこぎれいにしている人間は、たとえ自由を奪われていたとしても、汚れた顔や手をして嫌な臭いをプンプンとさせている人間よりはある程度の自信を感じていられるものです。ところが収容所のシステムは実に背信的なやり方で日に一度の洗面の習慣をさえ不可能にしました。手を洗うことは問題外でした。**ザウナ**での「入浴」の後は数週間にわたっていかなる洗面の機会も与えられませんでした。第25

ブロックの収容者は朝のお茶と夜のコーヒーを使って「洗面」しました。もちろん、それによって喉の渇きを癒やす分量が減ったことは言うまでもありません。わたしたちは瓶も鍋も持っていませんでしたから、与えられたお茶やコーヒーを保存することはできませんでした。絶えず味わうことになった卑下されているという感情は、このような非衛生的環境の中にあっても耐え抜くことができると信じる気持ちをわたしたちから奪い取りました。

さて、ここで食べ物と食環境について書かないとしたら、隔離期間中の報告は貧しいものになってしまうでしょう。飼い犬でさえ自分の食事用の皿を持っています。数百人が収容されている隔離ブロックには、数十個の椀とわずかな本数のスプーンしかありませんでした。**シュトゥボーヴァ**（部屋当番）が収容所厨房にスープ鍋を急いで返すことができるように、わたしたちは交代で、素早く食べなければなりませんでした。急き立てられながら食べ終わった者はその椀を次の者へと渡しました。多くの場合、椀は最後の一滴も残すまいと隅々まで舐めまわされました。これら全ては喧騒と混乱の中で起こり、飢えた囚人どうしのなぐり合いが起きることもありました。椀を求める闘いの興奮の中で、味も匂いも見かけも酷い「貴重な」食べ物が地面に落下してしまうことはたびたびでした。こんな光景をわきから見ていた満腹状態の人間、つまり親衛隊員は軽蔑の眼差しをわたしたちに向け、自らのゲルマン人種としての高位性に確信を強めていました。

朝の四時から五時の間、第25ブロックには**シュトゥボーヴァ**（部屋当番）と**ブロコーヴァ**（棟長）のがなり立てる声、悪態をつく声が広がりました。彼女たちはこうした乱暴なやり方でわたしたちを起こし、最初の収容所点呼に出る準備をさせました。棟長の罵《のの》り声が響く中、わたしたちは寝床を離れ、まだ暗い戸外へ出ました。収容所訛《なま》りのドイツ語での汚い声を浴びせられ、つつかれたりぶたれたりしながら囚人は五列縦隊に並ばされました。

もやがかかっていたり、霧雨が降っていたりの非常に寒い十月の朝、**ズガング**と呼ばれる新入り囚人のわたしたちは収容所のぼろ服に身を包み、靴下もはかず、履き心地の悪い靴あるいは木靴に足を突っ込み、剃《そ》られた坊主頭の姿で並びました。骨の髄までしみとおるような寒さに襲われ、体を動かしたり、その場で足踏みしたり、手をこすったり。そのうちには囚人どうしで背中をこすり合ったり、体熱で温めようと体を寄せ合ったりしました。しかし、そんな振る舞いは点呼の秩序を乱すもので、棟長は大声を上げながら囚人を殴り付け、最もましな場合であっても強く押し付けながら、五人ずつの整然とした非の打ちどころない縦列を取り戻させました。五列縦隊は親衛隊員にとって数えやすい隊形でした。朝と晩の点呼はこのように進行しました。職務囚人（注7）の攻撃性が最高潮に達したのは**アウフセイェルカ**（女性親衛隊員）が囚人の人数を数えるために近寄って来た時です。職務囚人たちは自分たちが義務を完全に果たしていることを示そうとしました。人数を数える間、囚人は誰一人身震いすらしませんでした。忌まわしい収容所の規律を破ろうものなら、それは悲劇で終わったのです。わたしたちは完全にテロにさらされていました。点呼の時、わたしは母と隣り合わせに並ぶように心がけ、可能な場合にはお互いの体をこすり合いました。わたしは母がこの状況をいかに乗り越えるかを考え、母は母で、わたしがこの状況をいかに耐えるかを考えていたのです。

今もわたしの脳裏には、整然とした隊形で並ぶ囚人たちの果てしなく続く巨大な列の光景が残っています。その列は**ブロックフューレルシュトゥベ**（親衛隊衛兵所）から有刺鉄線と出口門まで続いていました。この最初の点呼の際、多くの囚人は数時間にわたって立ち続けることに耐えられず、ある者はしゃがみ込み、ある者は失神して倒れました。親衛隊員が近づいて来るまでの間、いく分余力のある者たちが弱い者たちを支えようとしました。倒れた者たちは、それが極度の体力消耗が原因であったとしても、乱暴な悪態の言葉を投げつけられ、ぶたれ、蹴飛ばされました。その多くは再び立ち上がることはありませんでした。

点呼が続く間じゅうわたしたちが考えていたのは寒さに耐える辛さであり、せめて少しでも温かくなりたいということであり、いつになったら終わるのか、飲み物と食べ物は与えられるだろうかということでした。点呼はなかなか終わろうとはしません。さらに頭の中を駆け巡ったのは、いずれにしても戦争が終わりに近づいているということ、この日を生きのびなければという思いでした。ただ、体力の落ちた病人や弱い者たちをいじめる職務囚人の姿を見ていると、収容所という非人間的環境の中での人間の振る舞いに関して、悲観的にならざるを得ませんでした。

点呼が終わると、わたしたちは再び第25ブロックの中庭に追いもどされました。そこに朝の「お茶」、つまり何かの葉っぱを煎じた生ぬるい褐色の飲み物が運ばれてきました。わたしたちは一人一人、入れ物を手にしてまずいお茶を飲むことができました。ただし一部は飲みましたが、残りは最低限の洗面をするために使いました。収容所全体で実際に自由に使える水はなかったのですが、特に隔離期間中は水とは完全に遮断されていました。

あらゆる正常な認識をあざ笑う中庭での「朝食」が終わると、わたしたちは**ヴィザ**と呼ばれるところに連れて行かれました。隔離期間とは様々な**コマンド**（囚人労働隊）に振り当てられるまで通常一か月続く移行期間のことで、この期間中の囚人は一日中この**ヴィザ**にいなければなりませんでした。

ドイツ語の**ヴィザ**（Wiese）は牧草地を意味します。ここの**ヴィザ**は女性収容所バラックの後ろに広がる土地の一部で、本来の名前からくるイメージとは合致しませんでした。緑色の草も茎もはえてはおらず、あるのは何百人もの囚人に踏みかためられた湿度を含んだ粘土質の土だけでした。雨がちの日には**ヴィザ**は泥沼と化し、疲れと寒さで痛む足がそこにはまり、収容所の木靴を失い、もともとぼろぼろだった収容所の靴を完全にだめにしました。**ヴィザ**での囚人の唯一の作業はシラミや南京虫の駆除でした。しかし朝から晩までこの作業を続けても成功には至りません。なぜなら収容所で唯一ふんだんにある物、それはあらゆる種類の害虫だったのですから。最初に付きまとわれたのは衣ジラミで、剃《そ》られた頭に髪の毛が生え始めると次には頭ジラミが現れました。

昼になるとスープの鍋が**ヴィザ**に運びこまれました。朝と同様の雰囲気の中、わたしたちはぶたれたり、きつい声を投げつけられたりしてスープの椀を受け取りました。薄い液体の中に浮かんでいたのは腐りかけのカブやジャガイモやイラクサの葉、あるいは正体不明の物体でした。晩になると朝と同じ内容の点呼が行われ、その後は葉っぱのお茶と粘土色をした一片のパンが与えられ、さらに苦悩に満ちた夜へと続きました。

一日の間に収容所の現実を知る情報が次々に届きました。ここに辿《たど》り着く前、わたしたちはオシフィエンチム――アウシュヴィッツの名前を聞くとぞっとしたものですが、今はこの名前が意識の底に到達し、肉体的苦痛と精神的落ち込みがわたしたちを完全征服してしまいました。

当時、わたしは母とどんな会話を交わしたのか、まったく覚えていません。「ここで何を考えることができたでしょう……?」恐怖と絶望とでわたしたちは麻痺状態にありました。何をお願いしたものやら分からないものの、神に祈ったものです。

第25ブロックにわたしは四日間いましたが、母の方はもっと長くいました。やがて母はルヴフから輸送されてきた者たちおよび他の囚人たちと一緒に、第20ブロックに移されました。第20ブロックと第25ブロックとの違いは、第20ブロックは中庭に囲まれていないこと、レンガ造りの便所と洗面所を利用できることだけでした。ただ、この便所の入り口には**ヴァハ**（見張り）と呼ばれた完全に堕落した主にドイツ人の女性職務囚人がいて、いつも乱暴な振る舞いに出ました。

**ヴァシュラウム**と呼ばれた洗面所、および便所もまた人間に対する犯罪の道具として記録しておくべきところです。**ヴァシュラウム**は人間の尊厳を破り、人間を卑下し、特に女性をおとしめました。そこがどんな役割を果たしたのか、ここに記録させてもらいます。

長さおよそ十五メートルの洗面台に沿って幅広の炻器《せっき》の樋《とい》が走り、樋の上の方にはある間隔ごとに蛇口のついた水道管が通っていました。このわずかにぽとぽとと落ちる蛇口のわきでは、まさに正真正銘の戦いが繰り広げられました。水が流れる時間帯は朝と晩のほんの短い時間だけでした。一方で水を求める女性は何百人といましたから、彼女たちの多くは水にありつけませんでした。

収容所の便所もまた十数メートルにわたる建物で、その中央にセメントで固められた幅広の台が続き、その台の上の両側には短い間隔で開いた穴が並んでいました。人前でこんな便所を利用することがいかに屈辱的で厭《いと》わしいものであるかを悟るのは難しいことではありません。

便所の使用もまた朝と晩に限られていました。付け加えなければならないのは、さらに深く女性囚人を傷つけたことに、この洗面所と便所を管理していたのが、女性親衛隊員ではなく、男性親衛隊員だったことです。ビルケナウの女性収容所には女性の親衛隊員が大勢いたにもかかわらずです。彼女たちは汚物を目にしたり、汚物の悪臭を嗅ぐことに耐えられなかったのでしょうか？　ここでは粗野なドイツ語の悪口雑言《あっこうぞうごん》、「このブタ《シュヴァイネ》、クソ《シャイツセ》、バカ《ザウブルーデン》」等々が飛び交っていました。

はたしてドイツ人はトイレットペーパーのような細かいことには考えが及ばなかったのでしょうか？　そう、彼らにしてみればトイレットペーパーは人間以下の存在には不必要な物だったのです！

注7　職務囚人はいわゆる囚人の「自治組織」を作り、親衛隊員のそばで秩序を守る役割を代わりに請け負うかのような役割を果たした。

## 音楽隊への入隊――「アルマ・ロゼだわ！」

第25ブロックに入ってから二、三日が経った頃でした。朝の点呼の時にわたしの番号が呼ばれ、**ロイフェルカ**（伝令係の囚人）に導かれて収容所音楽隊のブロックに連れて行かれました。そこはBIb区域の一画にある第12ブロック（後に第7ブロックとなった）でした。何と、驚いたことにわたしはアルマ・ロゼ（注8）の前に立っていました。すぐに彼女だとわかりました。戦前、わたしはルヴフフィルハーモニーのコンサートに出演した彼女のバイオリン演奏を聴いていました。それは一九三〇年のことで、アルマは彼女の夫のヴァーシャ・プシーホダとバッハの二重奏曲を見事に共演しました。その時わたしは彼女の演奏と経歴と非凡な容貌に圧倒されたものです。

アルマ・ロゼは戦前にはすでにコンサートを開く有名なバイオリニストでした。偉大な音楽の伝統を受け継ぐ同化ユダヤ人一家の出身で、一九〇六年十一月三日にウィーンに生まれ、育っています。父親のアルノルド・ロゼは、有名なロゼ四重奏団の創立者であると同時にウィーンオペラのコンサートマスターでした。世界的に名を馳せた作曲家で指揮者のグスタフ・マーラーは彼女のおじさんです。当時のわたしがアルマ・ロゼについて知っていたのはそれくらいです。

一九四三年秋のビルケナウで、わたしはアルマ・ロゼの前に立ちました。彼女の表情は穏やかで、しかも真剣でした。生えつつある黒い髪に白髪がまじっていました。わたしは音楽的能力を尋ねられ、ルヴフのポーランド音楽協会高等音楽院の上級バイオリンクラスを卒業したと答えました。ロゼは黙って譜面台に楽譜を置き、バイオリンを差し出しました。わたしは生を獲得するための試験の曲を弾き始めました。もしかしたら、それは単に第25ブロックよりはましな生存環境を得るための試験に過ぎなかったのかもしれません。

すごく怖かったです。ですから戦前のルヴフのコンサートのことを彼女に話すなんて、思いもおよびませんでした。収容所音楽隊の指揮者であり、同時に音楽隊の**カポ**（監督）であるロゼの前にわたしは立ちました。**カポ**という地位は収容所では権力を象徴していました。つまり、その時、わたしの囚人としての未来の運命はまさにアルマ・ロゼ次第だったのです。

ルヴフのソ連占領時代とその後のドイツ占領時代は我が家にとって苦難の連続で、その時からわたしはバイオリンを手にしなくなっていました。わたしたちの体力と精神力はたとえばひとかけらのパン、砂糖、そして燃料を手に入れることだけで精一杯だったのです。ですからわたしのバイオリン演奏能力は多くを失っていました。しかし、アルマの前で演奏しながらわたしはそんなことはまったく考えませんでした。

わたしは収容所音楽隊に合格と告げられました。しかし、さしあたりは第25ブロックに戻り、正式の移動、収容所用語では**フェルレグング**を待たなければなりませんでした。ブロックに戻るとわたしは母に全てを話しました。

ウォンツキ刑務所で九か月間を過ごしたわたしと母は、すでに十分体験を積んだ囚人でした。したがってここビルケナウでは**ズガング**（新入り囚人）ではありましたが、ある職務についたり、あるいは「良い」労働を得ることでここでの生存条件が良くなる可能性があることはわかっていました。ですからわたしは自分が音楽隊に入ることで母を助けることにつながるかもしれないと希望を持ちましたし、母は母で、娘のわたしがバイオリンを弾くことで少なくとも娘だけは助かるかもしれないと期待したのです。ただひとつだけ確実で、同時に危険なことがありました。つまり、わたしと母が離れ離れにならなければならないことでした。収容所が忌まわしい場所である理由のひとつは、たとえ愛する者が近くにいたとしても、その者を守る可能性が与えられないことでした。それにしても離れることは自分だけを助けることであって、たった一人の愛する人間、母親を助けることにはならないという良心の呵責《かしゃく》にわたしは責められることになりました。

数日後、わたしは音楽隊ブロックに移動しました。第25ブロックを出るに際して、持ち物は何ひとつありません。隔離棟の新入り囚人として、わたしは何ひとつ持っていなかったからです。残していく母のことは、ルヴフから一緒に来た仲間にお願いしました。

当時、母は五十歳を過ぎていました。九か月のルヴフでの刑務所生活は母の体をずたずたにしましたし、第25ブロックの環境はそれに拍車をかけました。わたしは母に別れを告げませんでした。何とか会う機会があるだろうと、希望をつないだのです。

音楽隊ブロックに足を踏み入れると、ちょうど練習が行われていました。アルマは無言のまわたしに第一譜面台のわきの席を指示しました。そこは第一バイオリンのコンサートマスターであるエレン・シェプスの隣の席でした。エレンはベルギー出身の若いユダヤ人でした。指揮者アルマはそれまでエレンの隣にいた奏者を第二譜面台の方に移し、そこにわたしを入れたのです。わたしは黙って指示された席に腰を下ろしました。第二バイオリンに移ったのはポーランド人のヤドヴィガ・ザトルスカでした。この移動は彼女にとってはいわば降格でしたが、ヴィーシャ（＊ヤドヴィガの愛称）はそのことで嫌な態度に出ることはありませんでした。いや、まったくその逆で、最初の休憩の時に彼女はわたしのもとに寄って来て、誠実な態度で出身地を尋ねました。その後、ヴィーシャは先輩囚人として何くれとなくわたしの世話を焼いてくれるようになりました。こうしてわたしとヴィーシャの友情は生まれました。

第一バイオリンはオーケストラにおいては特別な位置を占めるものです。しかし、ビルケナウでは違いました。ここでは指揮者も含めて全員が単なる囚人であって、演奏することが義務でした。

音楽演奏は様々な収容所において特徴的現象でした。が、それだけではありません。ビルケナウにおける音楽は大部分の囚人にとって芸術的意味、あるいは気持ちを高揚させるための心理的意味とは別の意味を持っていました。つまりわたしたちが演奏する音楽は非道な意味を内包していたのです。わたしたちはすぐにそのことに気がつき、演奏すべきか否かの道徳的ジレンマに陥り、困惑を覚えました。この問題に関してはこの回想記の中でまた触れることにします。

ビルケナウで生きのびるチャンスを手にしたのは、どちらかと言うと屋根の下で働くことのできた恵まれた労働隊の囚人でした。その中でも音楽隊は恵まれた、いや、非常に恵まれた労働隊だったのです。KLアウシュヴィッツという全「工場」では複数の音楽隊が活動していて、ビルケナウの女性収容所で生まれた音楽隊はそのひとつでした。最初の男性音楽隊が生まれたのは一九四〇年から四一年にかけての頃で、アウシュヴィッツ第一収容所で生まれました。次がビルケナウの男性音楽隊（一九四二年）およびいくつかの副収容所で誕生し、その中にはモノヴィッツ収容所（＊アウシュヴィッツ第三収容所）の音楽隊もありました。さらにロマ（ジプシー）収容所およびテレジン強制収容所から移送されてきたユダヤ人の「家族」収容所にはいく分異なった特徴を持つ音楽隊がありました。

注8　Richard Newman, *Alma Rose, Wien 1906 – Auschwitz 1944*, Veidle Verlag,2003.

## 女性音楽隊の誕生および組織

女性音楽隊（ドイツ語名 Frauenlagerkapelle）は一九四三年春に親衛隊女性司令官マリア・マンデルの発意で設立されました。メンバーを集めていた初期の頃は病棟で演奏していましたが、一九四三年六月から七月の頃には実利一点張りの任務が課せられるようになりました。つまり、収容所構内から外に出る**コマンド**（囚人労働隊）、そして戻って来た**コマンド**に行進曲を演奏することでした。この当時、**コマンド**には一万数千人の女性囚人がいました。音楽隊が奏でる行進曲は囚人たちを素早く歩かせ、整然とした隊列を保つことに役立ちました。一方親衛隊員にとっては囚人の数を数えやすくし、秩序管理に役立ちました。女性音楽隊の誕生はビルケナウの女性収容所管理者にして親衛隊の監督長、通称では女性司令官と呼ばれていたマリア・マンデルの気まぐれで生まれたと言ってもいいかもしれません。マンデルの目的はすでに音楽隊が存在していた男性収容所の幹部に対抗し、同じような女性音楽隊を作ることでした。それに対して当時のアウシュヴィッツ総司令官ルドルフ・ヘスの好意もうまく重なりました。女性音楽隊は時とともに収容所権力者の「お気に入り」となり、高位の親衛隊権力者が訪問する際に進んで演奏を披露するようになりました。

女性音楽隊の誕生時に入隊したゾフィア・ツィコーヴィヤクは自分の回想録に次のように記しています。「女性音楽隊は収容所権力、つまり収容所隊長フランツ・ヘスラーと監督長マリア・マンデルの発意で生まれた。……特別に招集された棟長会議において、どんな楽器であっても、その楽器を演奏できる女性囚人を募集するようにとの命令が下った。……音楽労働隊の**カポ**（監督）にはポーランド人のゾフィア・チャイコフスカが任命された」（注9）。

ゾフィア・チャイコフスカはタルヌフ（＊クラクフの東、およそ七十五キロメートルの地点にある都市）の出身で、戦前は小学校で音楽教師をしていました。彼女はいわゆる「古参」の番号（6873）でしたから、ドイツがアウシュヴィッツ第一収容所に女性をも収容し始めた一九四二年から収容所の地獄を生きのびてきた数少ない女性の一人でした。チャイコフスカはあちこちの労働隊から、少なくとも楽器を手に持つことのできる囚人を「引きぬき」ました。音楽隊での労働は、畑やソワ川の葦《あし》の茂みでの労働、あるいは収容所事業区域の境界にある養魚池の泥や雑草を除く作業などよりはいく分ましな生存条件をもたらしてくれました。時の経過とともに音楽隊で演奏を望む女性の数は増えました。質の良い楽器は絶滅の目的で強制連行されてきたユダヤ人たちの所有物から略奪した品物でした。

最初の頃の練習場所は第4ブロックの一角でしたが、一九四三年七月からはＢＩｂ区域の第12ブロックに女性音楽隊全体が入りました。

かつての音楽隊メンバーはチャイコフスカを神経質な人間の化身のように記憶していますが、長い間収容所で生活していると、職務囚人には収容所に典型的な振る舞いがしみ込み、自分より下位の囚人に対して脅迫的な行動に出るようになります。チャイコフスカの口からはしばしば、「お前のことを上に報告する」とか、「お前を届け出る」、あるいは「お前は懲罰隊行きだ」とか、「お前は天国コマンド行きだ」というような脅しの言葉が飛び出しました。ただそれは非常に感情的になった時のことであって、実行されたことは一度としてありません。わたしが音楽隊に入った時には、チャイコフスカはすでにただの音楽隊ブロックの棟長でした。彼女の鋭い顔つき、きょろきょろと落ち着きのない目、しかめっ面を今でもよく覚えています。頭と体はいつも揺れ動いていました。ブロックの秩序と規律を守るためにチャイコフスカが使ったのは、収容所スラングの大声での悪口雑言《あっこうぞうごん》でした。しかしわたしは、棟長だった彼女に向けられたどんな非難からも距離を置きます。規律を守るためにとった彼女の手段は収容所という環境においては正常であり、効果的でした。その結果として一度ならずわたしたちは助けられたのです。つまり、ドイツ人監督たちからの抑圧といじめから全音楽隊を救ってくれたのです。

ここで述べておかなければならないのは、音楽隊を構成していたのは様々な国籍の主に若い人たちだったことです。チャイコフスカはこの統制のとれない集団をまとめ、秩序ある状態に導く能力に長《た》けていました。その結果、わたしたちは点呼に際してその経過時間とか天候にかかわらずいち早く行動し、整然と並ぶことができました。寝棚をきちんと整えなかった者、あるいは寝棚の中に許可されない化粧道具とかハサミ、裁縫道具などを隠し持っていた者に対してチャイコフスカはことのほか厳しい態度に出ました。しかし、あらゆる愚弄《ぐろう》的衛生環境にも関わらず囚人は清潔でこぎれいであることを求められました。ですからメンバーの中には音楽隊なら確実に入手できる特権を利用し、収容所では必須条件だった自己規制を失ってしまった者たちがいました。そんな者たちにチャイコフスカは厳しい態度に出ました。ユダヤ人メンバーの何人かはそんなチャイコフスカの態度を反ユダヤ主義と決めつけましたが、それはいわれのないことです。それはわたしだけではなく、ユダヤ人の中にもそう考える者たちがいました。

彼女たちユダヤ人を音楽隊に引き入れたのは、まだ指揮者だったチャイコフスカ本人でした。そのことにユダヤ人たちは深く感謝していました。こうして初期の頃には殴ることもあったらしいチャイコフスカの鉄の規律は、たとえば囚人たちの恐怖の的だった親衛隊員マルゴット・ドレックスによる乱暴な管理からわたしたち全員を救ってくれました。マルゴットは音楽隊を怠け者の一団とみなし、憎んでいたのです。

棟長としてのチャイコフスカは良心的人間の名にまったく恥じない女性でした。飢えを満たすことのないほんの少量のパン、マーガリン、その他の食事をわたしたちからかすめ取ったり、囚人が家族から受け取った小包をくすねたりすることはありませんでした。それらは他の多くの職務囚人、主に多くのブロックの棟長が頻繁に犯した不正行為です。チャイコフスカはいわゆる収容所では優位の人間でした。多くの堕落した棟長は自分の個室を飾り立てたりしたものですが、彼女はそうしたことは一切しませんでした。チャイコフスカの生活規範はわたしたちと何ら変わりなかったのです。収容所での禁止事項、例えば晩の点呼後に自分のブロックを出て他のブロックを訪ねることは厳しく禁じられていました。ところが、チャイコフスカはそれを見て見ぬふりをしました。わたしは母が第20ブロックにいた時、そしてその後病棟に入った時、しばしば母を見舞いに行きました。そのことをチャイコフスカは何度も目にしていましたが、わたしは彼女からどんな邪魔もされませんでした。わたしがチフスになった時、数日間は寝棚で仲間の世話を受けました。高熱になった段階で初めてチャイコフスカはわたしを**レヴィル**（病棟）に入れる決断をしました。古参囚人のチャイコフスカは病棟に入れるのは最後の段階と心得ていたのです。病棟で健康を取り戻すチャンスは滅多にありませんでした。それどころか逆に選別されたり、他の病気をうつされたりする危険性の方がはるかに勝っていたのです。誰かの病気を隠蔽《いんぺい》することは棟長の彼女にとっては懲罰隊行きになることでした。チャイコフスカはわたしに対してだけではなく、他の囚人に対しても何度も命がけの行動に出ていました。

それまで普通の囚人だった女性が収容所の職務に就くとすぐに堕落することは何度も耳にし、実際にこの目でも見ました。アルコール中毒になったり、性的逸脱行為に走ったり、最悪なのはかつての囚人仲間に平気で暴力を加える親衛隊員のようになりました。しかし、ゾフィア・チャイコフスカは棟長として人間であり続けました。

棟長の下で働いたのが**シュトゥボーヴァ**と呼ばれた部屋当番で、当番の仕事は掃除、ブロック内の整理整頓、収容者への下着と衣服と靴の分配、収容所の厨房《ちゅうぼう》から食事の入った重い鍋を運んでくることでした。食事は朝はハーブのお茶、昼はスープ、晩はコーヒーもどきの飲み物とパンでした。音楽隊ブロックの当番だったのは、フーニャとイルカとマリルカです。三人とも親切で誠実で、ブロック内の秩序を維持し、さらにわたしたちのために最良の衣服の割り当てを手に入れようと努力してくれました。また冬には**ブリキェティ**（練炭）と最も濃いスープを獲得しようとしてくれました。古参囚人の彼女たちは厨房と衣類倉庫で働く囚人たちとのコンタクトを利用していました。何か必要な物を得たいとき、つまりは「組織化」する時、わたしたちは当番、特にマリルカに期待することができました。

「組織化」という言葉は収容所では、ある品物を他の品物と交換することによって自分に必要な品物を手に入れることでした。最もポピュラーで、最も貴重な交換手段となった品物はパンです。パンを提供することで、ある囚人が家族から受け取った小包の中の食べ物、例えばニンニクとかタマネギ、砂糖を得ることができましたし、畑作業に出ている囚人からは数個のジャガイモやニンジン、あるいはビートをもらうことができました。

「組織化」によって入手できる品物は他にもありました。それは**カナダ**、つまり選別後すぐにガス室とクレマトリウムに送られたユダヤ人が降車場に残した衣服や持ち物を貯蔵、分類していた倉庫のことですが、その**カナダ**で働いている囚人が失敬した品物です。ユダヤ人が残した財産は巨大な倉庫に保管され、より良い品質の物はドイツ市民が使用するためにドイツ本国に送られ、価値のある宝石や貴金属類は第三帝国の国庫に納められました。**カナダ**で働く囚人は時に高価な衣類とか靴、化粧品の類までを「組織化」の際に提供するチャンスを持っていました。

この「組織化」という形態は命を賭して行われました。**カナダ**での作業を終えた囚人が収容所門を通過する際の検査で隠していた品物が見つかると、厳しい処罰が待っていました。違法を犯した者としてその場で乱暴に殴られるだけならまだしも、懲罰隊行きになることもあったのです。

残念ながら「組織化」という言葉は、しばしば単なる盗みのカムフラージュにもなりました。堕落した囚人は同室の仲間の物を盗みましたし、飢餓と重労働で肉体的にも精神的にも極限状態に追い込まれた、いわゆる**ムズウマン**と定義された者たちは盗みの誘惑にもはや打ち克つことはできませんでした。**ムズウマン**の姿は特徴的で、収容所音楽隊で演奏した最初の日にはわたしはその姿に注意を奪われました。

朝の点呼の後、わたしたちは行進曲の演奏場所に向かっていました。その時、収容所の道でのろのろと歩く骸骨のように痩せた女性たちに出会いました。目は落ち窪《くぼ》み、肌は土色、汚いぼろぼろの服に身を包んでいました。その時間帯、彼女たちの姿は恵まれた労働隊に入ろうとブロックとブロックの間を走り回っている縞柄の服の囚人たちの中で際立って見えました。

その姿にわたしは衝撃を受けました。彼女たちの目の中には飢えと喉の渇きに苦しむ人間に特有の狂気が、そしてまだかすかに燃えている生と近づきつつある餓死の間の移行状態、つまり完全なる無感情状態が見てとれました。

彼女たちが身に着けていたのは縞柄の囚人服ではなく、おかしな縫い方のぼろぼろのマントでした。片方の袖の出所は別の色のマントに違いありません。一九四三年秋、たぶんドイツはすでに縞柄の囚人服を製造することができなくなっていて、壊れた倉庫に集めた品質の悪い衣類を囚人用として利用していたのでしょう。この「一般人」マントにはさらに記号がつけられていました。背部中央の上から下に赤い幅広の筋が入っていましたし、さらに白いペンキでXの形に斜め十字が入っていました。もちろんそれは収容所から逃亡を図った囚人を容易に識別できるようにするためでした。

**ムズウマン**と呼ばれた人たちは、ドイツの強制収容所によって形成された特殊な囚人たちでした。人々は非人間的な重労働、飢え、家畜にも劣る過酷な生存環境、さらに害虫と病気に苦しめられ、ビルケナウではガス室での残酷な死に対する恐怖によって完全に人間から逸脱した状態に追いやられました。肉体的、精神的に極限まで衰弱した人たちは何に対しても反応しなくなりました。全てに無関心な姿は生きているのか、死んでいるのかさえすでに意識していないことを証明していました。ところが、完全な消耗状態にあるにも関わらず彼らはさらに最悪で屈辱的な労働へと強制的に駆り出されました。そんな状態の人々からも**コマンド**が作られ、彼らは牽引《けんいん》用の動物のように巨大な地ならし機にくくりつけられて収容所の石の道路をならしました。さらに最も弱っている人々をかき集めた別の**コマンド**では便所の汚物を空にしたり、死体処理の労働に駆り立てられました。

そんな人たちを見てわたしは呆然となり、考えたものです。この何百、何千もの人たちが一体どんな罪を犯したのだろうか、どうしてこんな仕打ちを受けなければならないのだろうか、と。ヨーロッパの高度な文化を創造したドイツ民族から、どうしてこんな無法と悪が生まれたのでしょうか？　異民族を、他の人間を屈辱的絶滅に到らせる憎悪の思想をドイツ民族はいかにして習得することができたのでしょうか？

注9　Zofia Cykowiak, *Orkiestra kobieca w oświęcimskim obozie*,『Pro Memoria』, Oświęcim 1996, nr5, s.73-75.

## 指揮者にしてカポ――フラウ・アルマ

ユダヤ人だったアルマは戦争が始まると身の危険を感じ、出生国オーストリアを離れました。イギリス、オランダに続いて一九四二年末にフランスにたどり着きましたが、最終目的地はユダヤ人のアルマにとって安全な船着き場となり得る中立国スイスでした。しかし、一九四二年

旧ウォンツキ刑務所の今の概観（ルヴフ、2010年）

旧ウォンツキ刑務所の中庭（ルヴフ、2010年）

アルテ・ユーデンランペ〈旧ユダヤ人降車場〉(オシフィエンチム、2010年)

収容所滞在中にもらった祝日カード

戦前のデーレンスラドゥング村の絵はがき

←ヘレナ・ドゥニチの収容所番号

↓ヴィーシャがヘレナのために「組織化」したスチール製のスプーン

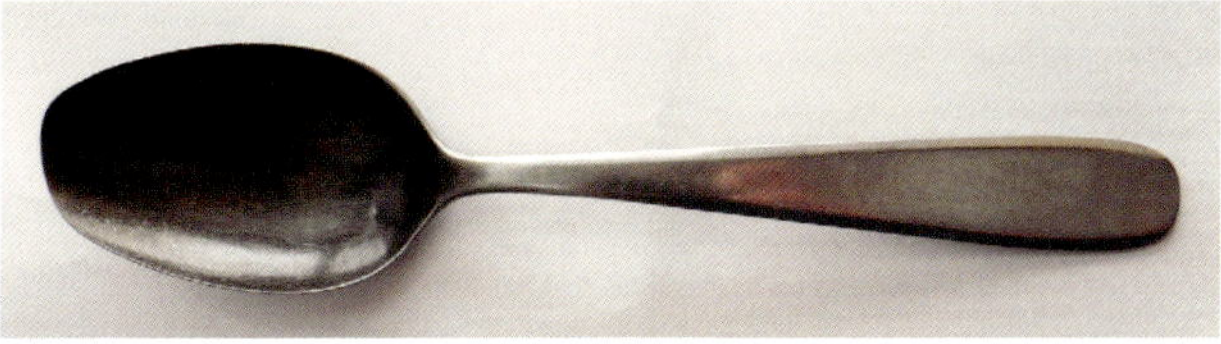

←ヘレナがバイオリンのE弦で手作りした髪どめ

↓ノイシュタット＝グレーヴェで手に入れた家畜用食塩の空きビン

↑アダム・コプィチンスキに1945年1月18日にもらったフェイスクリームの小箱

左からヘレナ・ドゥニチ - ニヴィンスカ、アニタ・ラスケル - ヴァルフィシュ、ゾフィア・ツィコーヴィャク（クラクフ、1994年）

クリスマス祝日の時のヘレナと親友たち（クラクフ、2011年）

回想記にとりかかっていた時のヘレナ
（クラクフ、2012年）

マリア・シェフチクとヘレナ（ブレンナ、2012年）

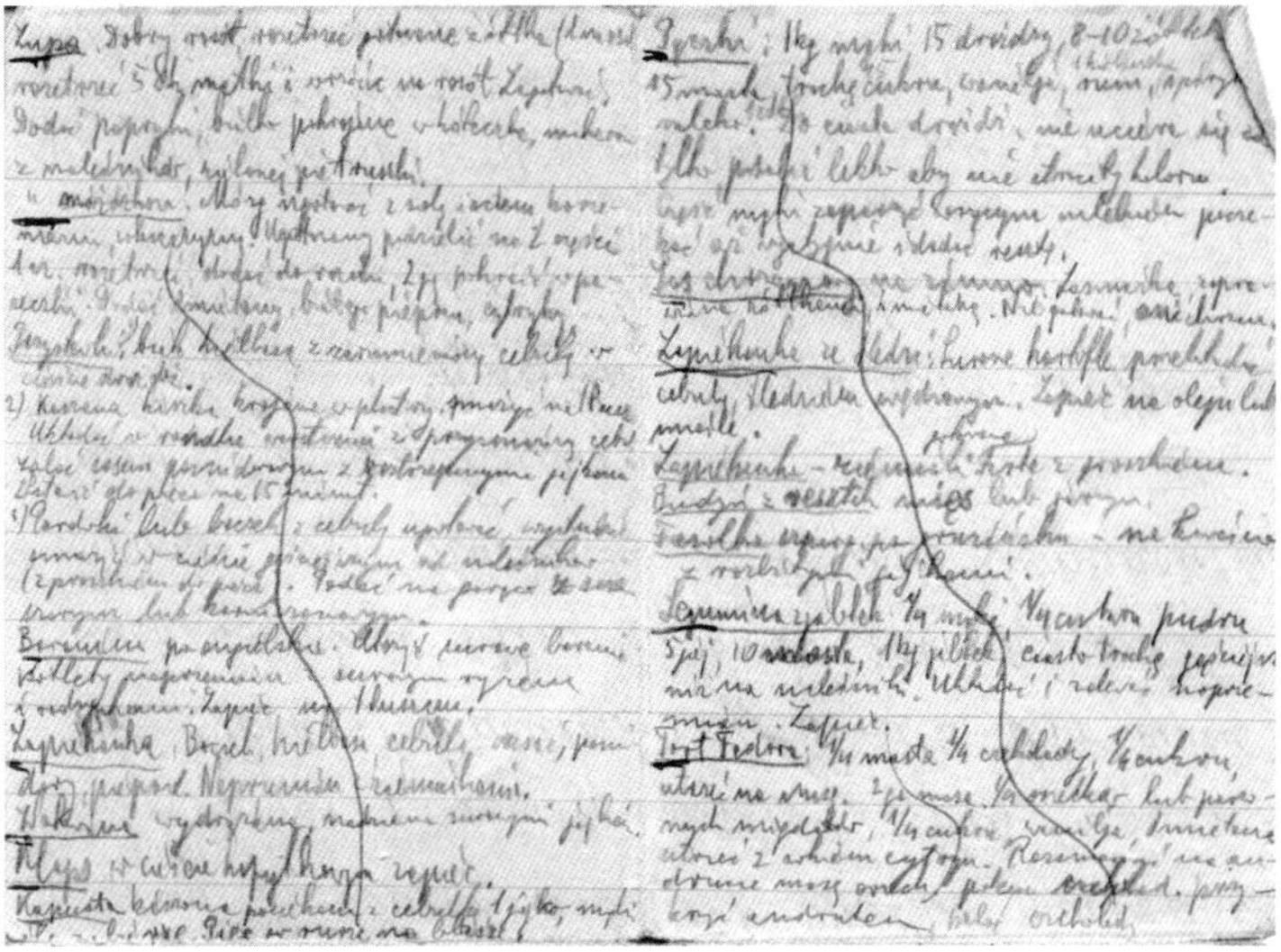

小包の包み紙片に書きつけた料理レシピ

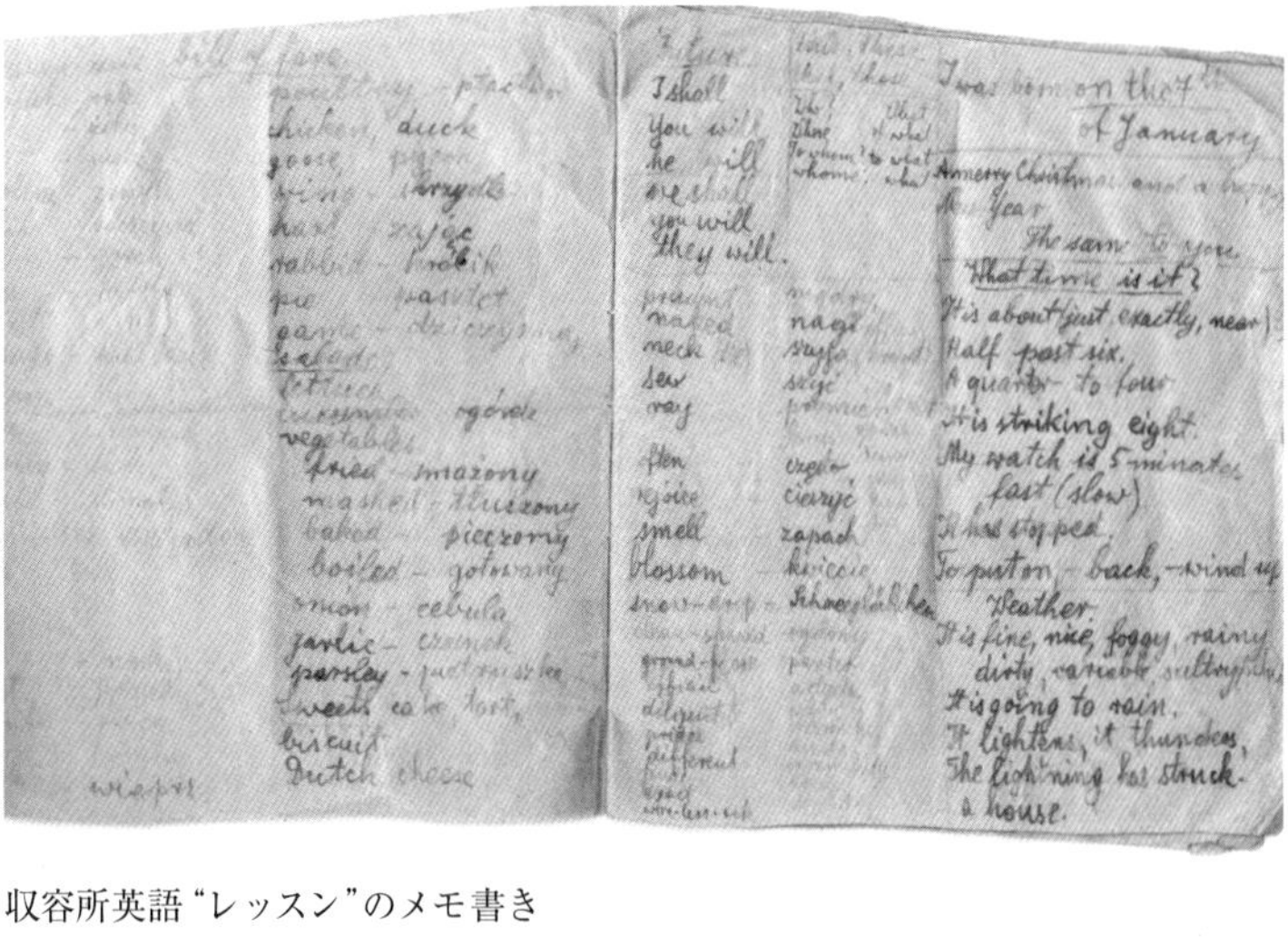


収容所英語“レッスン”のメモ書き

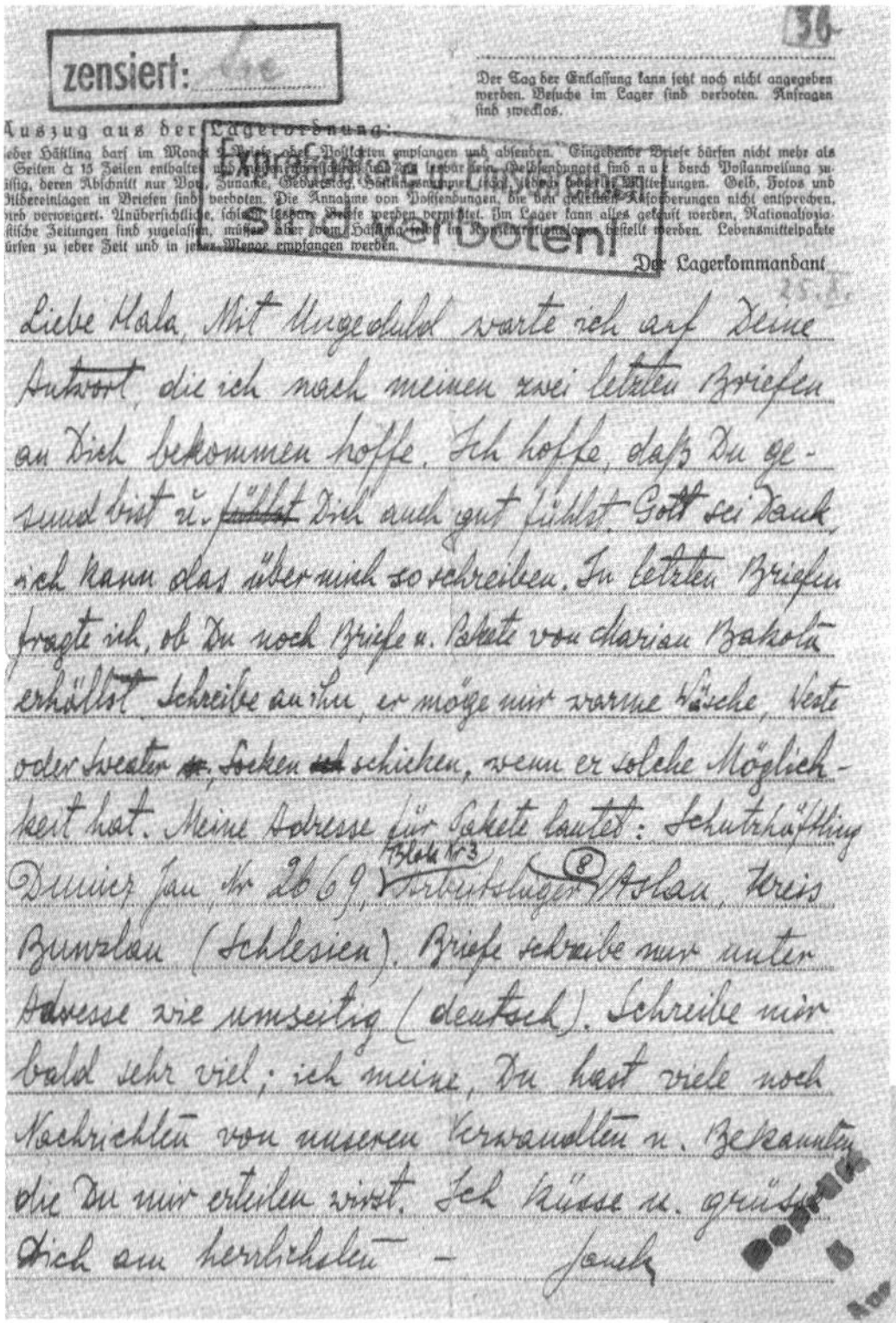

zensiert:

Der Tag der Entlassung kann jetzt noch nicht angegeben werden. Besuche im Lager sind verboten. Anfragen sind zwecklos.

Auszug aus der Lagerordnung:

Jeder Häftling darf im Monat … Briefe oder Postkarten empfangen und absenden. Eingehende Briefe dürfen nicht mehr als … Seiten à 15 Zeilen enthalten … Geldsendungen sind nur durch Postanweisung zulässig, deren Abschnitt nur Vor-, Zuname, Geburtstag, Häftlingsnummer … Mitteilungen. Geld, Fotos und Bildereinlagen in Briefen sind verboten. Die Annahme von Postsendungen, die den gestellten Anforderungen nicht entsprechen, wird verweigert. Unübersichtliche, schlecht lesbare Briefe werden vernichtet. Im Lager kann alles gekauft werden. Nationalsozialistische Zeitungen sind zugelassen, müssen aber vom Häftling selbst im Konzentrationslager bestellt werden. Lebensmittelpakete dürfen zu jeder Zeit und in jeder Menge empfangen werden.

Der Lagerkommandant

Liebe Mala, Mit Ungeduld warte ich auf Deine Antwort, die ich nach meinen zwei letzten Briefen an Dich bekommen hoffe. Ich hoffe, daß Du gesund bist u. ~~fühlst~~ Dich auch gut fühlst. Gott sei Dank ich kann das über mich so schreiben. In letzten Briefen fragte ich, ob Du noch Briefe u. Pakete von Marian Bakota erhältst. Schreibe an ihn, er möge mir warme Wäsche, Weste oder Sweater, Socken schicken, wenn er solche Möglichkeit hat. Meine Adresse für Pakete lautet: Schutzhäftling Dunicz Jan Nr 2669, Block Nr 3 ⑧ Arbeitslager Aslau, Kreis Bunzlau (Schlesien). Briefe schreibe mir unter Adresse wie umseitig (deutsch). Schreibe mir bald sehr viel; ich meine, Du hast viele noch Nachrichten von unseren Verwandten u. Bekannten die Du mir erteilen wirst. Ich küsse u. grüße Dich am herzlichsten — Janek

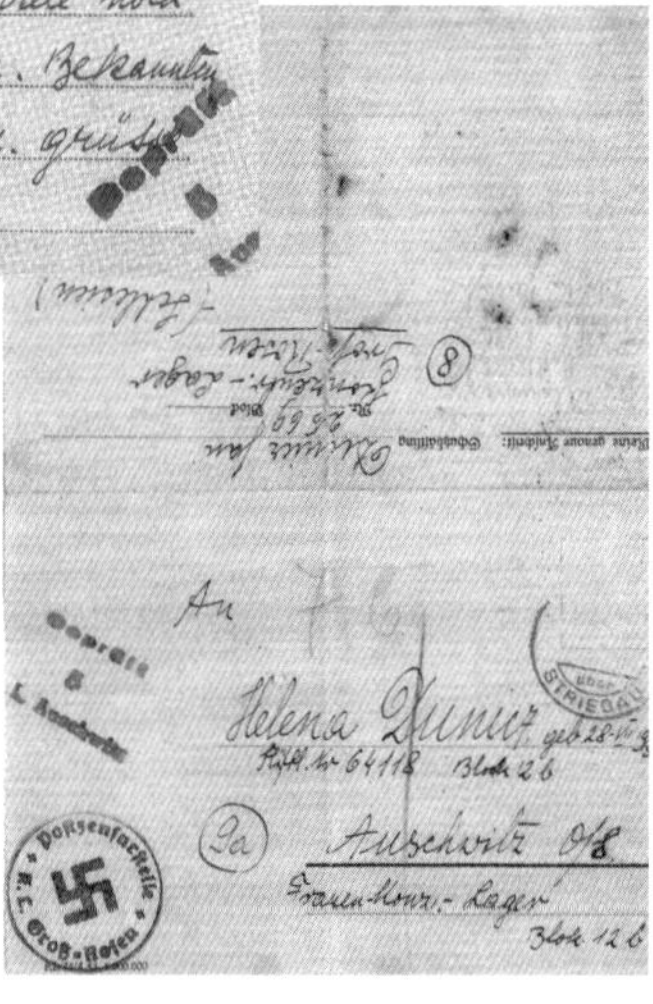

An

Helena Dunicz geb 28.IV.

Kz.H. Nr 64118 Block 26

Auschwitz O/S

Frauen-Konz.-Lager

Block 12b

Geprüft

Postzensurstelle K.L. Groß-Rosen

グロス＝ローゼン収容所の
ヤネクからの手紙
（1944年10月25日）

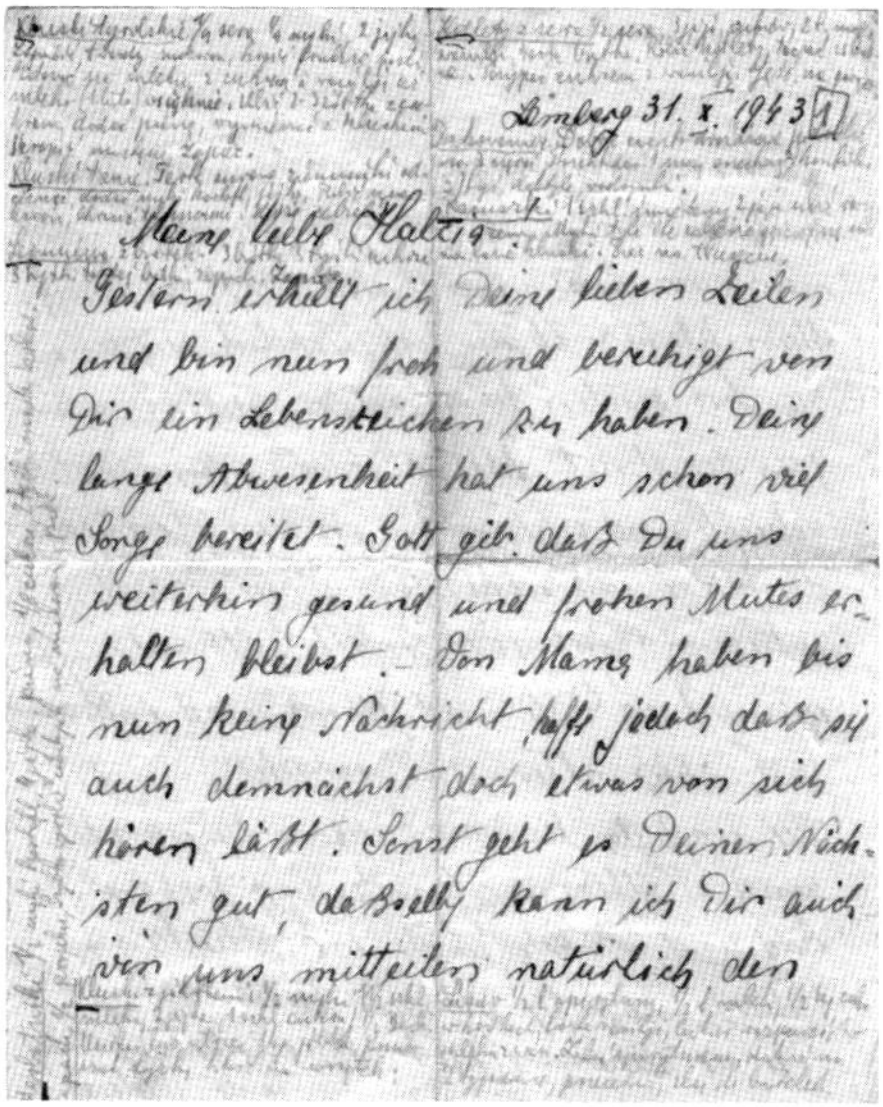

Lemberg 31. X. 1943 [1]

Meine liebe Halcia

Gestern erhielt ich Deine lieben Zeilen und bin nun froh und beruhigt von Dir ein Lebenszeichen zu haben. Deine lange Abwesenheit hat uns schon viel Sorge bereitet. Gott gib daß Du uns weiterhin gesund und frohen Mutes erhalten bleibst. – Von Mama haben bis nun keine Nachricht hoffe jedoch daß sie auch demnächst doch etwas von sich hören läßt. Sonst geht es Deiner Nächsten gut, da Bolly kann ich Dir auch von uns mitteilen natürlich den

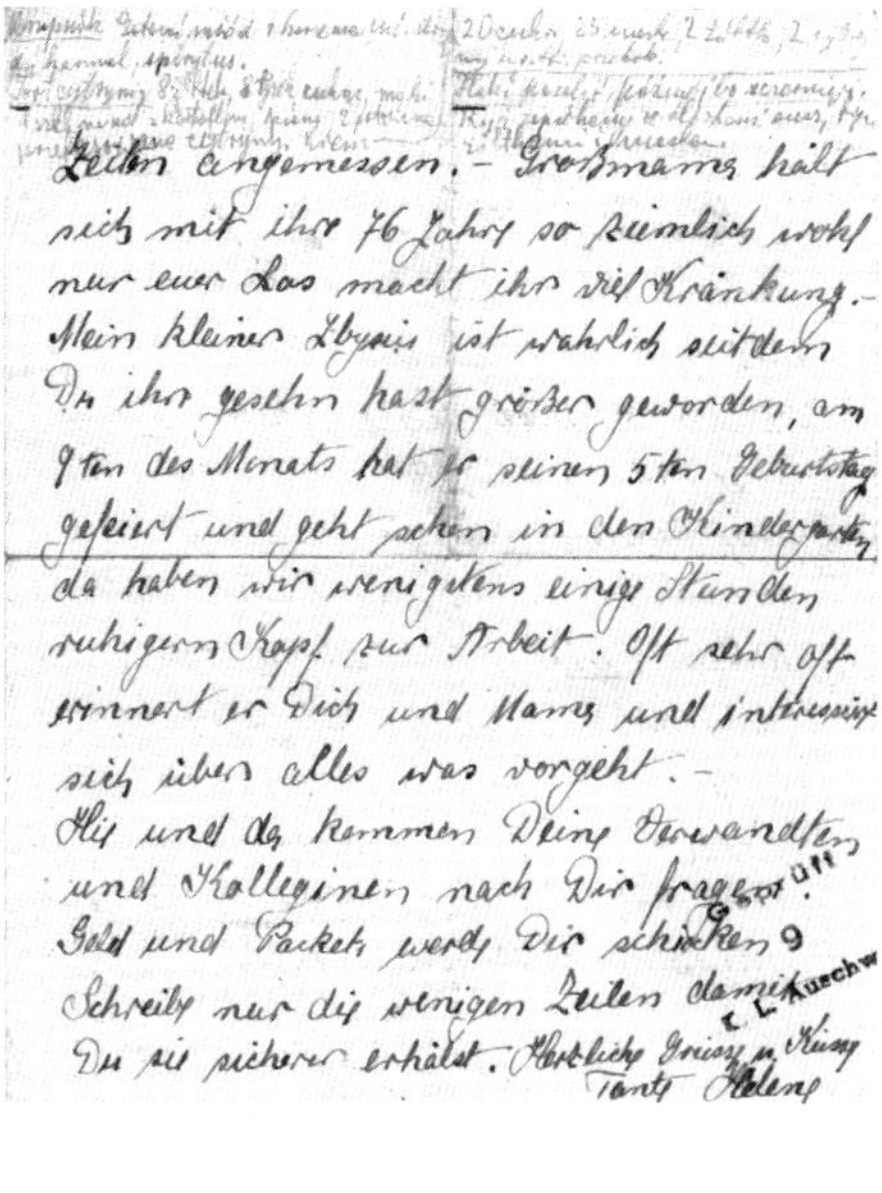

Zeiten angemessen. – Großmama hält sich mit ihre 76 Jahre so ziemlich wohl nur euer Los macht ihr viel Kränkung. – Mein kleiner Zbysio ist wahrlich seitdem Du ihn gesehen hast größer geworden, am 9ten des Monats hat er seinen 5ten Geburtstag gefeiert und geht schon in den Kindergarten da haben wir wenigstens einige Stunden ruhigeren Kopf zur Arbeit. Oft sehr oft erinnert er Dich und Mama und interessiert sich über alles was vorgeht. – Hie und da kommen Deine Verwandten und Kolleginen nach Dir fragen. Geld und Packete werde Dir schicken Schreibe nur die wenigen Zeilen damit Du sie sicherer erhälst. Herzliche Grüsse u. Küsse Tante Helene

収容所のヘレナに手紙と食料小包を送ってくれたサビンスカおばさんからの手紙

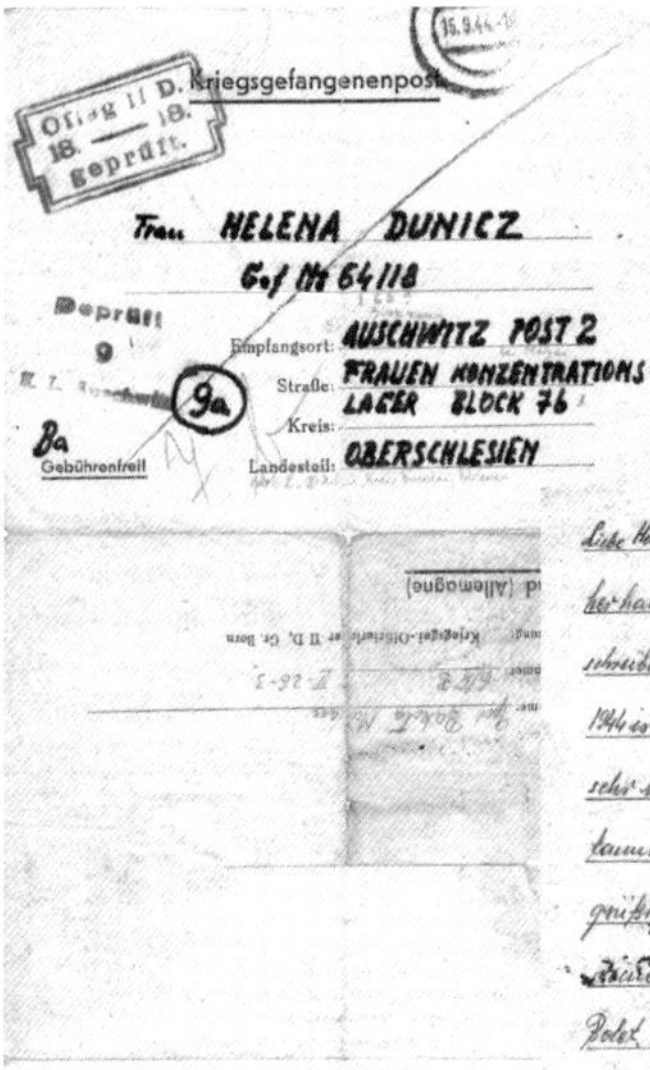


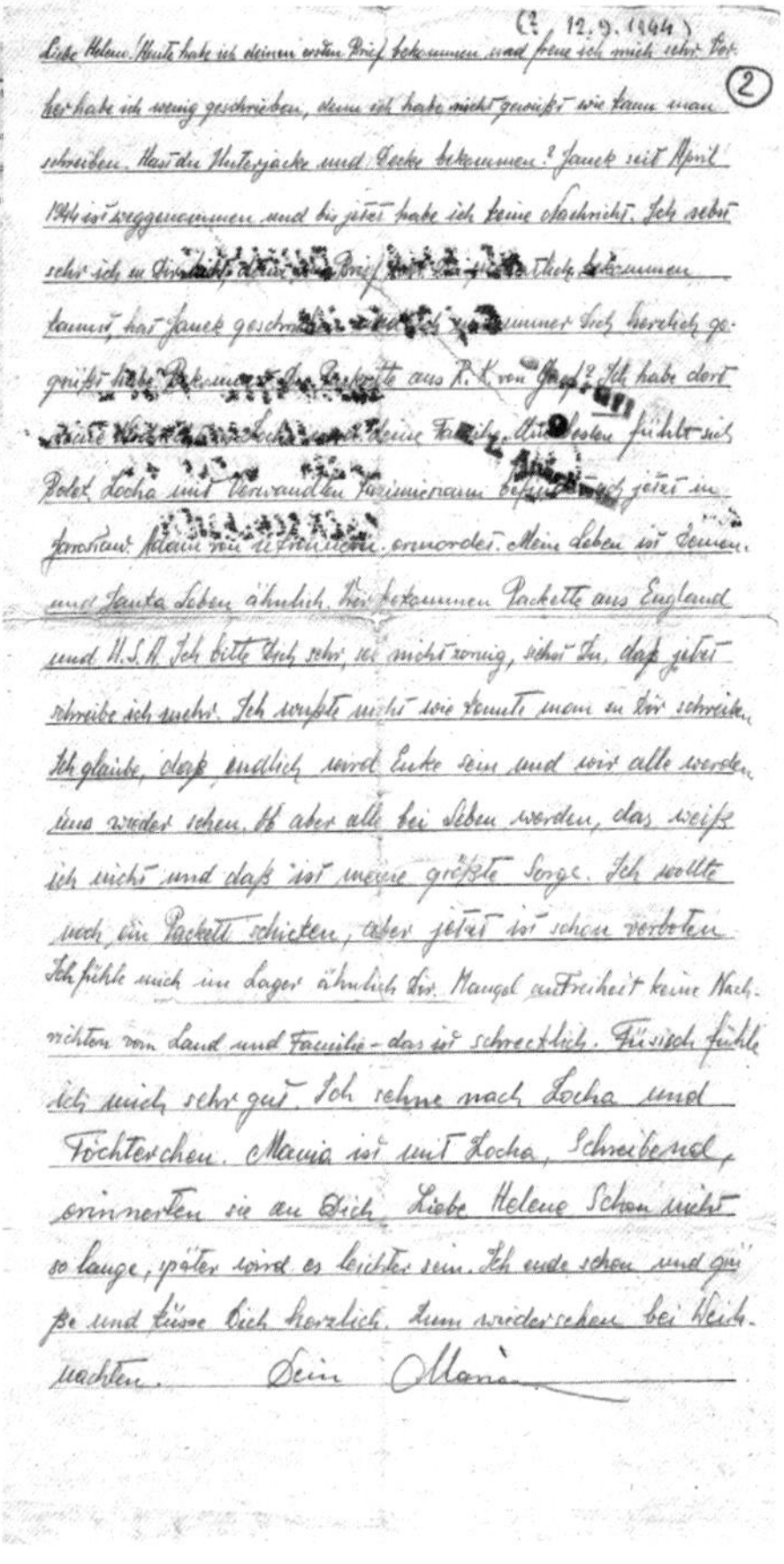
(?, 12.9.1944)

Liebe Helene! Heute habe ich deinen ersten Brief bekommen und freue ich mich sehr. Vor- ②
her habe ich wenig geschrieben, denn ich habe nicht gewußt wie kann man
schreiben. Hast du Unterjacke und Decke bekommen? Janek seit April
1944 ist weggenommen und bis jetzt habe ich keine Nachricht. Ich sehe
sehr ich zu [redacted] bekommen
kamen, hat Janek geschr[redacted] immer Dich herzlich ge-
grüßt habe. [redacted] Packette aus R.K. von [redacted]? Ich habe dort
[redacted] keine Familie. Am besten fühlte sich
Bolek Locha mit Verwandten Kazimierzowa befu[redacted] jetzt in
Jarosław. [redacted] ermordet. Mein Leben ist deinem
und Janka Leben ähnlich. Wir bekommen Packette aus England
und U.S.A. Ich bitte Dich sehr, sei nicht zornig, sehe Du, daß jetzt
schreibe ich mehr. Ich wußte nicht wie konnte man zu Dir schreiben.
Ich glaube, daß endlich wird Ende sein und wir alle werden
uns wieder sehen. Ob aber alle bei Leben werden, das weiß
ich nicht und daß ist meine größte Sorge. Ich wollte
noch ein Packett schicken, aber jetzt ist schon verboten.
Ich fühle mich im Lager ähnlich Dir. Mangel an Freiheit keine Nach-
richten von Land und Familie - das ist schrecklich. Füsisch fühle
ich mich sehr gut. Ich sehne nach Locha und
Töchterchen. Mania ist mit Locha, Schreibend,
erinnerten sie an Dich. Liebe Helene Schon nicht
so lange, später wird es leichter sein. Ich ende schon und grü-
ße und küsse Dich herzlich. Zum wiedersehen bei Weih-
nachten. Dein Marian

捕虜収容所の
マリアン・バコタからの手紙
（1944年９月19日）

十二月十九日にフランスのディジョンで逮捕され、一九四三年一月十二日にドランシーのユダヤ人一時収容所に入れられました。そこに半年滞在した後、同年七月二十日、他におよそ千人のグループとともにアウシュヴィッツに移されました。グループの一部は収容所労働力となり、グループのおよそ半分は労働不適格者としてガス室で殺害されました。アルマ・ロゼは50381という番号になり、アウシュヴィッツ第一収容所の第10ブロックに収容されました。第10ブロックでは、ナチス・ドイツの医者たちがカール・クラウベルク博士の指導下で、女性の不妊に関する偽医学的実験を行っていました。アルマがバイオリニストであるとの情報が収容所に素早く流れたことで、彼女は残忍な実験に供されることを免れました。アルマは渡されたバイオリンを手にするとその場で演奏し、周囲を魅了しました。アウシュヴィッツに素晴らしいバイオリニストがいることを知った女性収容所総監督マリア・マンデルは、女性音楽隊の指揮に当たらせるためにアルマをビルケナウに移し、それまで指揮者だったゾフィア・チャイコフスカには音楽隊ブロックの棟長を命じました。わたしがアウシュヴィッツに到着したのは、まさに女性音楽隊にそんな人事変化があった一九四三年十月の初めのことでした。

アルマには、音楽隊の指揮者であると同時に**カポ**として、小さな個室が与えられました。その個室の向かい側には棟長の個室がありました。アルマの部屋のドアの隙間から夜ごと明かりが漏れていて、夜も明かりを使うことができる特権を利用し、特殊な音楽隊のために様々な楽曲のオーケストレーションをしていることをみんなは知っていました。

指揮者としてのアルマは自らに、そして音楽隊に難題を課しました。音楽隊の構成メンバーは実に様々で、教育を受けた専門的能力のある楽器奏者が数人いるほかは、技術的に弱い素人がほとんどでした。その上、楽器の編成も独特で、バイオリン、チェロ、少し後にはコントラバス（アルマの求めに応じてアコーデオン奏者の一人が演奏を学びました）、マンドリン、ギター、アコーデオン、フルート、リコーダー、パーカッション、シンバル、ドラム、後にはピアノも加わりました。

このビルケナウ女性音楽隊の編成を書いていると、わたしはチェスワフ・ミウォシュ（＊一九一一〜二〇〇四。ポーランドの詩人。一九八〇年にノーベル文学賞を受賞）の『緩やかに流れる川』という詩を引用したくなります。この詩を読んだのは戦後のことですが、非常に興味をそそられました。詩の一部は次のような内容です。

……ああ、若緑の茂みに黒い烏合の衆、
白い岩のようなクレマトリウム
死んだスズメバチの巣からは煙が出ている。
マンドリンのつぶやきが食べ物の瓦礫《がれき》の上で

大きさの跡を消し、苔《こけ》の上では
新しい収穫物から出た芽、そして麦わらの束の渦巻が
灰色になっていた……

……三たびペテン師たちは勝たねばならない
偉大な真実が蘇らないうちに
そして彼らはある一瞬のきらめきの中に立つだろう
春、空、海、大地

わたしがこの詩に出会ったのは一九八三年のことですが、ミウォシュに手紙を出して、この詩の誕生のインスピレーションを問うたのは、それから二年後のことでした。少なくともわたしはこの詩の中に未来の悲劇を予言する先見の明を見たのです。間もなく返事がきました。そこにはこの詩が一九三六年にヴィリニュス（＊リトアニアの首都）で生まれた経緯が記され、当時のヨーロッパの状態を彼は悲劇接近の時代ととらえていたことが強調されていました。しかし、アウシュヴィッツ収容所の囚人だったわたしが自らの体験を踏まえてはっきりと感じ取った予言者的先見の明に関しては、ミウォシュは肯定はしませんでした。

人間の物差しでは理解できない醜怪な現実の中で、わたしたちの音楽隊は演奏しました。収容所の公式用語では音楽**コマンド**（音楽労働隊）を**ラーゲルカペラ** Lagerkapelle と呼びました。アウシュヴィッツ収容所をテーマとした戦後のポーランド文学および外国文学では「収容所音楽隊」よりは「収容所オーケストラ」という表現にお目にかかりますが、ビルケナウで通常使われたのは「音楽隊」の方でした。まさにこの言葉こそが特殊な楽団の特徴を本質的に言い得ています。

アルマが指揮を引き受けて間もなくのことでした。当局は音楽隊に対し、他の各**コマンド**（囚人労働隊）の出発時と帰還時に行進曲を演奏させるだけではなく、さらに高い段階を要求できると考えました。娯楽的な軽い作品、例えばワルツ、ポルカ、人気のあるオペレッタの一部、ヒットソングなどを加えることでレパートリーを豊かにするように求めたのです。そして音楽愛好ドイツ人たちが待ち望んでいる作品の譜面がアルマに届けられると、彼女は実に巧みに器楽用に編曲してのけました。

アルマが練り上げたスコアから各楽器用のパートを書き写す作業に当たったのは、写譜係のグループでした。さらにオペラ、オペレッタ、ポピュラー音楽、シャンソンの歌手たちがボーカルパートを担当しました。それらの要求を前にアルマは徐々に音楽隊の人数を、歌手と写譜係も含めて二十数人から約四十人にまで増やしました。収容所当局はアルマの専門的能力を目の当たりにして、さらに要求を拡大しました。日曜日に（各労働隊は日曜日には仕事から解放されていた）娯楽的レパートリーのコンサートをするようにと命じたのです。そのコンサートは冬は**レヴィル**（病棟）で、春になると収容所内道路の交差点で行われました。

音楽隊を指導するアルマの能力にわたしは目をみはりました。当時、アルマについてわたしが知っていたのは、戦前にバイオリンのソリストとして演奏会を開いていたことだけでした。それがビルケナウでは、わたしたちアマチュアの集団に対して偉大な造詣の深さで様々な作品を教示したのです。彼女がその分野において多くの経験を積んでいたのは明らかでした。

当時、わたしはまったく知らなかったのですが、戦争前の一九三二年、アルマはバイオリンの巨匠としてのキャリアを中断し、ウイーンで才能豊かな若い女性から成る「ウインナーワルツガールズ」という弦楽アンサンブルを立ち上げていました。レパートリーとしてプログラムに入れたのは当時流行していたワルツ、ポルカ、ハンガリー舞踊、そしてオペレッタの断章でした。アルマはこのアンサンブルとともにヨーロッパの多くの街を歴訪しました。

わたしがアルマのそんな活動を知ったのは戦後になってからのことで、後にアルマ・ロゼについての伝記的論文を書いたカナダのジャーナリスト、リチャード・ニューマンのためにアルマに関する様々な資料を探していた時でした。戦前のポーランド定期刊行物の中に、一九三〇年に催された彼女のコンサートの批評と一九三四年のクラクフとワルシャワで開催された「ウインナーワルツガールズ」コンサートの記事を見つけました。ルヴフでの演奏はありませんでした。

アルマは音楽隊のメンバーと親しく付き合うことはしませんでした。「非人間的環境の中で携わることになった音楽は彼女にとって完全に別個の世界だった。つまり、彼女は心の中で巨大な悲劇に耐えながら、その一方で大きな情熱とともに音楽の世界に身を潜めていた」(注10)。アルマの収容所の親友で収容所病棟の医師をしていたスロヴァキアのユダヤ人、マンツァ・シュヴァルボーヴァもまた非常に的確な言葉でアルマ像を表現しています。「アルマは自分だけの世界に完全に閉じこもっていた。しかし、収容所は彼女の周りに存在していて、そこでの生活は絶えず不協和音が耳に付きまとうものだった。彼女はその不協和音から自分の協和音の世界へと逃げ込んでいた。メンバーの女の子たちを厳しい練習へと駆り立て、音楽隊の芸術的レベルは日々、向上した。[……]夜になるとアルマの頭の中には音色が渦巻き、和音は、まだ実現はしていないけれど、彼女が弾きたいと思うようなものになっていった」(注11)。

アルマは囚人という立場ではありましたが、親衛隊員の中に生まれた自分に対する特別な評価を意識的に利用しました。そして自らの戦前の生活スタイルを維持しようとしました。公の演奏の時には囚人服に身を包み、頭には青いスカーフを巻きましたが、それ以外の時には、ラクダ皮で作られたベージュ色のうね織りラシャのエレガントな普通のコートを着ていました。

それは灰色の世界にあって彼女を際立たせました。個人的な身の回りの世話のために、ポーランド出身のユダヤ人の小間使いを使ってもいました。

　練習時、アルマはわたしたちに対して厳然とした態度で臨みました。演奏上のどんな失敗にもきつい口調で異議を唱え、あらゆる点で満足できるレベルまでフレーズを何度も何度も繰り返させました。わたしたちメンバーは彼女のプロ意識に敬意の念を持ちました。特異な収容所環境の中にあっても音楽隊の、あるいはアルマ自身の演奏する曲がどんな作品であろうと芸術的な美しさを獲得するまでは譲歩しませんでした。わたしたちはその向上心に頭が下がったものです。

　自らに対しても、そしてメンバー全体に対してもアルマは非常に高いレベルを求める芸術家でした。声を荒らげたり、時には演奏を間違った奏者の頭めがけて指揮棒を投げつけることもありました。公開演奏の際のしくじりに対しては後でその過失者に対して床板を雑巾で拭かせたり、あるいは収容所厨房《ちゅうぼう》から食事の入った重い大鍋を運ばせるといった罰を与えました。それはいつもなら**シュトゥボーヴァ**（部屋当番）の仕事でした。フレーズをきれいに弾かなかったことでたびたび怒りの攻撃を受けたのはギリシャのユダヤ人で、アコーデオン奏者のリリでした。フラウ・アルマとしてはかなり粗野な「この《ドウ》愚かな《ブルーデ》雌牛《クー》め！」の罵声《ばせい》がリリに投げつけられました。

収容者がアルマの態度にマイナスの印象を抱いたことは一度ならずありました。しかし音楽隊メンバーに手を上げて自らの品格を落とすようなことは決してありませんでした。ファニア・フェヌロンが自らの回想記（*ビルケナウ女性音楽隊のメンバーだったファニア・フェヌロンの回想記は『ファニア　歌いなさい』というタイトルで文藝春秋より出版されている）に記していることは偽りです。

わたしの記憶に深く残っている出来事があります。それはアルマの品格や培ってきた能力、突出した芸術魂をもってしても、彼女が拘束的な収容所管理体制の力に**カポ**として屈服せざるを得なかった事実を如実に示した出来事です。アルマは例によって演奏にしくじったポーランド人メンバーの一人に床拭きの罰を課しました。すると過失者は罰の実行を拒否しました。そこでアルマは収容所当局に懲罰報告を出すと告げたのです。それは明らかに懲罰隊行きの宣告につながることでした。その時、他のポーランド人メンバーが介入しました。演奏をしくじったヴィーシャは彼女より先にKLアウシュヴィッツに収監されていた三人の兄弟の死を知らされ、非常に辛い思いをしている中での演奏だった、と仲間たちは反論したのです。そこでアルマはようやく罰を撤回しました。

ユダヤ人メンバーは罰の実行を拒否したヴィーシャの振る舞いを反ユダヤ主義ととらえました。アルマを代表とするユダヤ人に対するアーリア系ポーランド人の反目だと言ったのです。

わたしが一番強調したいのは、アルマが自らの態度と存在手段において、男性であれ女性であれ親衛隊員に対し威厳を失わなかったことです。親衛隊員はわたしたちの前でアルマと短い会話を交わす際、彼女に対して「フラウ・アルマ」と呼びかけました。囚人に対して、しかもユダヤ人に対して「超人」の口からそのような言葉が出るのはまったく普通ではないことでした。

ゾフィア・ツィコーヴィヤクの回想録（注12）には次のように記されています。「アルマは日曜コンサートのプログラムを非常に念入りに魅力的に組み立てた。プログラムには前奏曲、オペラとオペレッタのアリア、そしてブラームス、チャイコフスキー、グリーク、ドボルザーク、プッチーニ、サラサーテ、シューマン、シューベルト、シュトラウス、ヴェルディ、ウエーバー等の作品の編曲をとり入れた。アルマは行進曲も含めておよそ二百曲もの演目をまとめ上げ、それらの演奏に自らのバイオリン独奏で花を添えた」。独奏の演目となったのはブラームスの『ハンガリー舞曲』、モンティの『チャールダーシュ』、サラサーテの『ツィゴイネルワイゼン』などでした。日曜コンサートの軽めの曲のレパートリーとなったのは、タンゴ・ジェラシー、『帰って来て』、カールマンやレハール、シュトラウスのワルツなどでした。

しかし、これらの娯楽的な音楽を演奏することにわたしたちは困惑を免れませんでした。ある者にとっては深刻なフラストレーションとなりました。死体焼却炉の煙突から昼夜を問わずもうもうと上がる炎と黒い煙を背にして、娯楽のための音楽を演奏するとはどういうことでしょう？　晴れ渡った日曜日、演奏場所は病棟間の空き地。それほど遠くはない有刺鉄線の向こうの収容所道路を、「旅」で疲れ果てた多数のユダヤ人がまっすぐガス室と死体焼却炉に向かっています。そんな中で演奏するとはどういうことなのでしょう？　しかしアルマは時に野蛮な表現を使い、ぶれることなく、決然とした態度でわたしたちに信念を叩き込みました。音楽隊は命であると。

音楽に興味を持つ多くの囚人たちもまた、わたしたちのためらいと道徳的な困惑を払拭《ふっしょく》しようとしました。彼女たちはわたしたち音楽隊を構成する少女たちに生きのびるチャンスがあることを喜んでいました。さらに彼女たちは進んでコンサートに出向き、音楽が恐ろしい日常からひきはなしてくれることをも喜んでいました。しかし、囚人たちの中には別の見方もあったことに口をつぐむことはできません。一部の囚人たちは、わたしたちが周囲の人間の悲劇に気づかない振りをして演奏に没頭するという感受性の欠如を非難したのです。

アルマの努力によって充実した演奏レパートリーは、収容所隊長のフランツ・ヘスラー、マリア・マンデル、偽医者のヨーゼフ・メンゲレ、さらに数人の親衛隊員の関心をますます高め、このことは様々な形で音楽隊に利益をもたらしました。湿気で楽器が傷まないように練習室の第12ブロックの床に板を張ること、冬にはストーブに火を入れることなどのアルマの希望がかなえられたのです。さらに「耳の肥えた」、「感受性の豊かな」、しかも何千もの人間をガス室に送ることで疲れている音楽愛好家たちの耳に曲が心地よく響くためには、メンバーの指を凍傷から守り、楽器もまた傷まないようにしなければなりません。わたしたち音楽隊メンバーは、冬の点呼の際にはブロックに留まっていてもよいことになりました。アルマにはメンバーのために自身にだけ通じる方法で特権を獲得する能力がありました。しかもわたしたちの面前で超人に対して自らを卑下するような態度に出ることは決してなく、いつも自尊心を保っていました。

わたしが記憶しているアルマの姿は以上のようなものです。アルマはわたしの、そして数十人の音楽隊メンバーの救い主でした。避けられない収容所の死からの救い主でした。ところが、わたしたちは死を避けることに成功しましたが、アルマは、残念ながら、避けられませんでした。

注10 Archiwum Państwowego Muzeum Auschwitz-Birkenau w Oświęcimiu: Zespół Wspomnienia, t.190, s.2-3 - relacja Zofii Cykowiak pt.『Wspomnienie o Almie Rosé』.
注11 Manca Švalbova, *Wybasnuté oči*, Bratislava 1964, s.52.
注12 Zofia Cykowiak, *Orkiestra kobieca…*, s. 73-75.

## 音楽隊——生活と音楽

わたしが音楽隊に入った時、音楽隊の生活棟はすでに第12ブロックに移っていました。第12ブロックのすぐわきには、ビルケナウの女性収容所域と男性収容所域の間を通る主要道路から棟を隔てる有刺鉄線が張り巡らされていました。

音楽隊コマンドには当時およそ五十人のメンバーがいました。わずか五十人ほどが第12ブロックの半分以上を占領し、生活することができたのです。棟の残り半分は荷造り部門が使用していました。他のブロックには数百人もの囚人がひしめいていたのですから、そんな生活環境は特別でした。音楽隊が入った部分は、ドアがついていたわけではありませんが、さらに二つの場所に分けて使われました。一方は練習場として腰掛と譜面台が並べられ、隅には楽器用の二個の棚と写譜係が使うテーブルが据えられていました。そしてもう一方には三段の寝棚と食事用のテーブル、そして食器と家族から送られてきた食料品の包みを置く棚がありました。どちらの場所にも鉄製ストーブがしつらえてありました。メンバーの一人一人が自分の寝棚を持ち、きちんとした毛布と枕とシーツもありました。それもまた収容所では特別のことでした。ビルケナウには第12ブロックと同様に「デラックス」な備品を持つブロックがもうひとつありました。それは**シュライブシュトゥバ**（囚人雇用事務室）、**アルバイトザインザッツ**（囚人就労部局）のような収容所管理機関で働く囚人が入っていた第4ブロックです。さらにもうひとつ異例だったのは、第12ブロック音楽隊部分の床には板が張られていたことです。

第12ブロックの生活環境、特に衛生環境はわたしが第25ブロックで経験したもの、あるいは母がルヴフからの他の輸送者とともに移った第20ブロックに比べて比較にならないほど整っていました。最も重要だったのは、労働**コマンド**の出発と帰着時に外で演奏する以外は屋根の下での仕事が保障されていたことです。わたしたちはまずまずの清潔を保つこともできました。毎日のように近くの冷水の出る小さな洗面所を利用することができました。そこには近辺ブロックに入っているドイツ人囚人のための便所もありました。週に二回は**ザウナ**で温かいシャワーを利用することもできました。さらに下着などを洗うこともできました。それはもちろん、親衛隊員が近づいて来た時に警告を発してくれる見張りを立ててのことではありました。しかし棟長や部屋当番からの邪魔が入ることはありませんでした。そんなことは別のブロックでは考えられないことでした。音楽隊に入っていたことで、下着類や靴をきれいなものに交換することもできました。全てはアルマが非常に巧みな手段で収容所当局と交渉してくれたお蔭でした。権力者は日曜コンサートでのアルマの技巧的独奏と個人的魅力に夢中になるあまりに、彼女が音楽隊のために一歩一歩、良い環境と処遇を勝ち取っていることには気がつきませんでした。

わたしには高等音楽院卒業のキャリアがありましたから、収容所での演奏に特別な努力は必要ありませんでした。しかし、朝から晩まで続く全メンバーでの練習は肉体的にも精神的にも大変な労力を必要としました。ましてや技術的に弱く集団演奏に通じていないメンバーの場合、体力消耗は言うまでもありませんでした。ある者は終日の練習に体も心もついていけずに衰弱しましたし、集中力を保つことができずに失神する者も出ました。

音楽隊は見かけは楽な**コマンド**の印象をもたらしましたが、実際は非常な骨折りと精神的緊張という代価を支払っていました。さらにわたしたちは、恐ろしい悪が凝集する場所で音楽を演奏するという道徳的な苦しみにも襲われました。

深く意気消沈する状態は指揮者のアルマにも見られましたが、彼女は全音楽隊メンバーに対する責任感から、そんな鬱《うつ》的状態を自制していました。ゾフィア・ツィコーヴィャクが記したアルマ・ロゼに関する回想録を引用します。「あの非人間的な地で音楽活動をすることは悲劇ではあったが、アルマにとって音楽はそれに集中することで身を守ることのできる全宇宙でもあった。わたしたちはそう感じていた。彼女は特異な音楽隊のために新しいスコアを次々に作り上げることに身も心も捧げているように見えた」（注13）。

意気消沈状態に陥る最大の原因は、通称「フランス門」と呼ばれた収容所出入り口で繰り広げられる光景を目にすることにありました。演奏に集中しようと頑張ってはみても、目は自然とそちらに向き、耳にはいろいろな声が届きました。収容所地獄に耐えられなくなって息絶えた人々の亡骸《なきがら》を自身も長時間の労働で疲れ果てた囚人たちが担架で運び、あるいは引きずっていました。検問で服の下に隠したニンジンやジャガイモが見つかり、罰として殴られ、けられている光景は日常茶飯事でした。収容所にひそかに何かを持ち込もうとした女性たちは、それが食料品やタバコだった場合には、その量や実際に汚れているか、土が付いているかなどには関係なく、犯罪者としてひざまずいた姿勢で殴られ、けられました。わたしたちは一度ならずそんな光景の目撃証人となりましたが、それでも行進曲の演奏を続けなければならなかったのです！

罪を犯した者はこのすさまじい「体力消耗」の罰の後も力を失った両腕を上げ、さらにその手にレンガを持たされ、ひざまずいていなければなりませんでした。それは、他の囚人がそんな規則違反をしないようにとの雄弁な警告になりました。そんな中でわたしたちは演奏を続けたのです！

疲れ切った女性囚人たちから成る最後の**コマンド**が仲間の遺体を引きずりながら収容所に戻

って来ると、わたしたちはその日最後の行進曲を奏でました。その行進曲に割って入ったのが、夕方になると収容所内を動き回る**ライヘンコマンド**（死体を集めて焼却炉に運ぶ労働隊）が出す音です。骨ばった死体を木製の荷車に投げ込み、焼却炉に運ぶ時に出る鈍い音です。恐怖に満ちた晩の点呼が近づきました。今晩の点呼はどのくらい長く続くのか、その間に何が起こるのか、決してわかりません。ようやく点呼が終わると、わたしたちはブロックに楽器を運び、再度点呼広場に戻ってさらに腰掛と譜面台を運びました。これが、音楽をもって対応することを強いられたわたしたちの「日常生活」でした。

ドイツは一九四四年四月から八月末、アウシュヴィッツ＝ビルケナウにおいて、ヨーロッパのユダヤ人を最終的に絶滅する最後の段階に入っていました。ドイツの手中にあったポーランド、チェコ、スロヴァキアの撤収ゲットーから、さらにヒトラーのドイツと同盟関係にあったハンガリーのゲットーからも何千人ものユダヤ人が強制的に移送されてきました。これらの人々の隊列は鉄道の降車場からガス室に向かって真っすぐに、まるで「滑るように」進んでいきました。毎日、毎日、何千もの女たち、男たち、子どもたちが、待ち受けている悲劇的運命を知ることなく、最後となる生の区間を歩いていきました。

それはわたしたちを苦痛の共感で満たした行進でした。その中にはどこか遠くから聞こえてくる音楽に必死に耳を凝らす人たちがたくさんいました。女性収容所域を取り巻く有刺鉄線の向こう、主要道路に近い木造ブロックに音楽隊を入れたのは、当局にそれなりの目論見《もくろみ》があってのことです。生贄《いけにえ》たちはどこからともなく聞こえてくる心地よい音を耳にして、「音楽のある」生活と労働が待っていると信じたのです。わたしたちは朝から晩まで一日中何時間も練習を続けましたし、朝と晩には労働隊に向けて行進曲を演奏しました。さらに日曜日には**レヴィル**（収容所病棟）でコンサートを開きました。病棟はクレマトリウム（死体焼却炉）のすぐそばにありました。つまり、音楽は収容所内で絶えることなく流れていたのです。かつての囚人の中にはビルケナウに到着した時のことを回想し、どこからともなく聞こえてきた音楽に少しほっとしたと語っている人たちもいます。

何千人ものユダヤ人は、その中には我が子を抱いた女たちもいましたが、流れてくる音楽ゆえに穏やかな気持ちでガス室での予想外の死との遭遇に向かったのです。彼らの穏やかさは偽りの結果でした。それは音楽が「出迎えてくれた」のだから、この到着地はそれほど悪いところではないという偽りです。残念なことにユダヤ人に対するこの狡猾《こうかつ》なペテン行為の最も効果的な要因となったのが、とりわけ一九四四年の天候に恵まれた早春から病棟間の空き地で行われたわたしたちの日曜コンサートでした。演奏している女性たちを目にしたら、彼らの不安は薄れ、恐怖は抑えられ、胸に希望の明かりが灯ったに違いありません。

しかし、この場でわたしがはっきりと指摘したいのは、一九四四年早春に設けられた新しい鉄道降車場に音楽隊が意識的に招集されたことは一度もなかったことです。この降車場はまっすぐ死体焼却炉へと通じており、輸送されてきたユダヤ人は降車場にあった親衛隊衛兵所の前で選別を受けました。ある収容所回想録の中には、輸送されてきたユダヤ人が焼却炉へと向かって歩いた時に音楽隊が演奏した、との記事があります。それは、ユダヤ人が女性収容所のあるBⅠ区域と男性収容所のあるBⅡ区域の間の主要道路を歩いていたその時にたまたま音楽隊が演奏していたと理解すべきです。

もちろん、演奏中、あるいは曲と曲の間の短い中断時にわたしたちは有刺鉄線の向こうを歩く極限状態の人間の行列をはっきりと目にしました。わたしたち音楽隊メンバーはガス室近辺で、そして死体焼却炉で数時間、十数時間にわたって起こっている出来事の意識的な証人でした。人間の想像をはるかに超えた犯罪行為の大きさを意識し、わたしたちは恐ろしさでぞっとすると同時に無力さと絶望感でいっぱいになりました。わたしたちの心をかき乱した大もととなったのは、自らの命を守るために演奏を続けようか、それとも演奏を拒否してより重い運命、死の宣告を受けようかと揺れ動く思いでした。

音楽隊メンバーは、自分たちの苦痛に満ちた仕事についてお互いに話し合うことはありませんでした。その話題は避け、生きのびるために何が役立つかについてだけを話し合いました。仲良し三人組だったゾーシャ（＊ゾフィア・ツィコーヴィヤクの愛称）、ヴィーシャ、そしてわたしは戦後も付き合いを続けました。しかし、長い間、このテーマに触れることはできませんでした。わたしたちにとってそれは苦痛が付きまとう重いテーマだったのです。ゾーシャの場合は死を迎える時までそのことが鬱《うつ》に陥る原因となり、精神科医による治療が必要でした。

囚人のための日曜コンサート、特に病棟ブロックで行われた内容の良いコンサートにわたしたちは満足感を覚えました。アルマのソロ演奏、たとえばブラームスの『ハンガリー舞曲』やサラサーテの『ツィゴイネルワイゼン』は一瞬だけその場の現実を忘れさせてくれました。また、今でも忘れられない深い感動を呼び起こしてくれたのは、アルマが歌とオーケストラ用に編曲したショパンの『エチュード 作品10 第3番 ホ長調』（＊日本では『別れの曲』と呼ばれている）を演奏した時です。もちろん、いかなる日曜コンサートでもこの曲を公に演奏することはできませんでした。第三帝国時代にはショパンの曲の演奏は禁じられていたからです。『別れの曲』を演奏したのは自分たちのためだけであり、特別な何か、つまりドイツ人虐殺者に対する抵抗を示す曲を聴くためにこっそりとわたしたちのところに忍び込んだ囚人たちのためでした。

わたしはこの章で音楽隊の仕事の様々な面を書きました。それは収容所をテーマとした作品の中で、わたしが知る限りでは、ビルケナウ女性音楽隊が取り上げられることはそれほど多くはなかったからです。

周囲の囚人たちは音楽隊の存在を様々な目で見ていました。ある囚人はわたしたちのことを

「絹の環境」の中で生きている収容所エリートとみなし、わたしたちが演奏していること自体に怒りを露《あら》わにしました。メンバーの中には強制的に音楽隊に入れられた者がいたことなど、彼らは知りませんでした。アウッセン（有刺鉄線で囲まれた収容所敷地の外）で働かされる危険と引き換えに音楽隊から抜けようとする者が現れようものなら、当局は音楽隊に残るか、あるいは懲罰隊に入るかの二者択一を迫りました。

わたしたち元収容所音楽隊メンバーは戦後になってからもかつての囚人社会から、そして収容所体験のまったくない人たちからも、冷たい視線を浴びせられました。そういうこともあって、わたしたちはあの時代について語ることをタブーとしてきました。博物館記録保管所の要請で報告書を提出した以外、わたしたちは公の場で自分の意見を述べることはしませんでした。回想記を書くつもりもありませんでした。戦後、西ヨーロッパで生活したユダヤ人の元音楽隊メンバーも、収容所での体験と音楽隊で演奏したことに長い間口をつぐんでいたことがわかりました（注14）。

音楽隊の労働時間は原則として無制限でした。わたしたちの収容所の一日は点呼前の夜明けとともに始まり、収容所外で働くコマンドが出かける際に行進曲を演奏する場所まで腰掛と譜面台を運びました。そこは女性収容所フランス門のわきにありました。練習済みですぐに弾ける曲は十数曲ありましたが、それでも全てを弾き終わってから再び初めから曲を繰り返すことがしばしばでした。
全コマンドが収容所の外での労働のために門の外に出ると、わたしたちはまた楽器をブロック内に運び、次に腰掛と譜面台を運びました。そこに部屋当番たちが生ぬるいハーブティーを持ってきて、わたしたちは昨晩残しておいたひとかけらのパン、あるいは家族から送ってもらった小包の品物で朝食をとりました。練習室にアルマが現れると、それが練習の始まりを意味しました。やがて当番たちが収容所厨房《ちゅうぼう》から昼食の大鍋を運んできました。それは昼食をとるための中休みが来たことを示しました。食事は味の点でも栄養の点でも疑わしいスープでしたが、もちろん拒否する者は一人もおらず、絶え間なく続く空腹ゆえに最後の一滴まで残さずに食べました。

アルマの仕事の効果、つまり音楽隊の高い演奏レベルに対する当局の評価は、わたしたちにとってさらなる特権として現れました。**ズラガ**と呼ばれた一定量以上のパン、特例のマーガリン、マーマレード、ペーストソーセージまでが時おり与えられたのです。さらに昼食時間が延長されたり、寝棚での一時間の休憩が与えられたのは異例の出来事でした。しかし、それは一九四四年二月になってからのことです。

注13　Z. Cykowiak, *Orkiestra kobieca*…, s. 73-75.

注14　最初に回想記を書いたのは音楽隊メンバーで歌手だったファニア・フェヌロンで、彼女は一九七六年に大きな論争の的となった『Sursis pour l' Orchestre』（邦訳タイトルは『ファニア　歌いなさい』）を出版した。この本の出版後、音楽隊は話題を呼び、映画、演劇、音楽論文として取り上げられるきっかけとなった。

## 母の死

母は**ヴィザ**と呼ばれる戸外に一日中、強制的に出ていなければならない隔離期間の中にまだいて、辛酸をなめていました。ところが、わたしは音楽隊の仲間と最初の夜に交わした会話からその期間がじきに終了することを知りました。母は建物の解体、畑仕事、あるいはソワ川かヴィスワ川の清掃に当たる屋外労働の**コマンド**に入ることになるかもしれません。そんなことを考えていた矢先のことでした。外での労働から戻って来た隊列の中に母の姿を認めたのです。列を歩く人々は厳しい労働によって、さらに彼らを監視する**カポ**、**フォラルバイテルカ**（労働隊の仕事を指導する職務囚人）、そしてドイツ人**アウフセイェルカ**（囚人を管理する女性親衛隊職員）から受けた虐待によってぼろぼろの状態になっていました。

何時間にもわたる練習で明け暮れた次の日、収容所の一日が終わり、ブロックの明かりが消え、わたしは寝棚に横になりました。しかし、苦悩の思いが頭を占拠し、寝付くことはできません。祈りの言葉は絶えることのない問いへと変わりました。どうしたらいいのだろう？　まだソ連占領下だった一九四〇年六月、父はルヴフで亡くなりました。父は人生のあらゆる問題の解決に当たって賢明な策を見出し、信頼に足る人でした。何よりも母のことが心配な今、この希望のない非人間的な状況の中でどうやって母を救ったらいいのか、その道を示してくださいと、わたしは天の父に向かって祈りました。

どの囚人も強権と無法を前にして完全な無力感に襲われ、肉体的にも精神的にも麻痺した状態にありました。正義、あるいは権利に訴える試みはいかなるものであっても不可能であるどころか、親衛隊員の野蛮な対応が待ちかまえていて危険でした。「どうしたらいいのか？」という問いに対する答えは残念ながら天からも音楽隊の経験豊かな仲間からもありませんでした。しかしながら音楽隊の仲間は、わたしが落ち込んだ**ズガング**（新入り）であると知ると、すぐに適切な助言を与えてくれ、わたしのために、そして母のために必要不可欠な品物の「組織化」に手を貸してくれました。

夕方の行進曲演奏が終わり、ブロックに楽器と譜面台を戻す時を利用して、わたしは毎日のように母に会いにいきました。母のいる第25ブロックはわたしたちが演奏していた広場の近くにありました。もちろん母に会ったのはほんの数分間だけで、二言三言の言葉を交わすとすぐに戻らなければなりません。夕方の点呼の後で自分のブロックを出ることは禁じられていましたが、多くの囚人はたとえ数秒間でも近親者に会おうと身の危険を顧みず出かけていました。

一九四三年十月、天候は新入りの囚人たちにとって厳しいものでした。たとえ午後になって秋の太陽が顔を出したとしても、絶え間なく襲う飢えが拍車をかけ、多かれ少なかれドイツの刑務所ですでに厳しさを経験しているルヴフ出身者に対して致命的な代価の支払いが待っていました。

残された文書を基に戦後にまとめられた統計によると、一九四三年十月三日にアウシュヴィッツに到着した二百三十九人のルヴフからの女性輸送者のうち、一九四四年春の段階で生存していたのはおよそ六十人に過ぎませんでした。

しばらくしてから母と他のルヴフからの輸送者は第25ブロックから第20ブロックに移されました。そこに移ってからもわたしは母を訪ねるように努め、一片のパンを持って会いに行きました。それは音楽隊にいることでパンの量が多かったからではありません。わたしたちのブロックでは職務囚人が盗みをしなかったからです。母のブロックでも、他のブロックでも飢えた囚人たちはお互いに盗みをはたらきました。母のブロックの棟長は悪名の高いフォルクスドイチェ（国外ドイツ人）のフォン・プファッフェンホーフェンでした。彼女は自分の支配下にある囚人たちを巧妙な手を使って手荒く扱いました。隔離棟にいる間は、母をどこか他のコマンド、つまり少しましな環境へ移す手立てはまったくありませんでした。ところが隔離棟の後に入ったブロックもまた、ぎょっとするほど酷いところでした。母はまたもや下段の最悪の寝棚を七人の囚人たちと使うはめになりました。そんな環境下では**ドゥルフファル**（飢えが原因の血の交じった下痢）を発症したり、収容所内で猛威をふるっているチフス、あるいは他の病気にならないとすれば、それは奇跡としか言いようがありません。夜中に便所に行きたくなっても、便所までは遠く、さらに悪いことに病気で体力の落ちた囚人たちはそこで「秩序を守る」という名目の職務囚人からいじめを受けました。便所で秩序を守る職務囚人は、過去に犯罪者だったケースが多かったのです。彼女たちは病で死にそうになっている囚人たちに悪口を浴びせ、殴りました。手を緩めてくれるとすれば、それは彼女たちがタバコという形の強奪物を受け取った時だけでした。音楽隊の仲間は、母のためにタバコを「組織化」してくれました。

ある日、晩の演奏を終えて譜面台を運んでいたわたしのもとに母が自ら危険をおかしてやって来ました。どうしても伝えなければならない事があったのです。母は**ドゥルフファル**になったと告げました。母の症状は日に日に悪化しました。この時、わたしに対処の仕方を教えてくれたのは収容所生活に通じている音楽隊の仲間でした。音楽隊ブロックにあるストーブでパンを真っ黒に焦がし、それを母親に食べさせるようにとの助言でした。この唯一の治療をしている間は他の物は一切口にできません。薬に代わる他の手立てはリンゴでしたが、当時のわたしはまだ親族から小包を受け取ったことはありませんでした。そんなわたしにリンゴを差し出してくれたのもまた仲間のひとりでした。これらの単純な治療法に回復の効果を望むことは期待薄でしたが、**レヴィル**、つまり収容所病棟に入れることの不安もまた大きかったのです。病棟に入ったものの回復見込みのない囚人はガス室行きに選別される危険がありました。しかし、他にはもう何の可能性もありません。結局わたしはルヴフから一緒に輸送されてきた囚人たちに頼み、母を**レヴィル**に入れるように棟長に申し出てもらいました。どんなに重い病気になっても、適当な引き立てなしに病棟に入れるわけではありません。病棟に入っても病気が治るチャンスは大きくはなかったのですが、点呼で何時間も立つことは免れましたし、忌まわしい収容所の**ヴィザ**（荒れた空き地）で一日中過ごさずにすみました。

十一月が終わりに近づき、天候条件も母の容態もますます悪くなりました。わたしは毎晩、病棟に通い、母を見舞うことができました。そこで目にしたのは回復を信じる一縷《いちる》の望みをも奪い取るものでした。しかし、人間に対する信頼は奪われませんでした。収容所には地下ルートで、ある種の医学的薬剤が届けられていることをわたしは知りました。それに従事していたのは収容所の外の一般市民、そしてしかるべく組織された囚人たちで、彼らは命をかけて行動していました。医師たちは（彼らは囚人でもあった）誰に薬剤を処方すべきかのジレンマに陥っていました。薬の量よりもそれを必要とする患者の方がずっと多かったからです。母が死に瀕《ひん》していた病棟でわたしはルヴフ出身の医師カタジナ・ワニェフスカに出会いました。母に注射をしてやってほしいと、わたしはカタジナに懇願しました。彼女は何とか「組織化」してみると約束してくれ、実際、約束は守られました。戦後、わたしはカタジナ・ワニェフスカについての良い評判をたくさん耳にしました。多くの人が彼女に命を救ってもらったことを感謝していました。しかし、残念なことにわたしの母は回復には至りませんでした。

母が病棟に入ってから四日目のことでした。音楽隊の全メンバーが病棟にある診療室に呼び集められました。予防接種をするのが目的だと告げられましたが、そんな気配はまったくなく、接種もされませんでした。ですから、いまだに予防接種とは何だったのかわかりません。しかしわたしにとっては母の様子を見る絶好のチャンスでした。ところが母が寝ている病棟に足を踏み入れると寝棚に行き着く前に言われました。母はここにはもういない、棟の裏にある場所にいけばまだ会えると。棟の裏とは夜の間に惨めな末路を迎えた亡骸《なきがら》が焼却炉いきを待っている場所です。わたしは亡骸を見にいきはしませんでした。痩せ細った裸の遺体が山と積まれた中に母の姿を見たくはありませんでした。ビルケナウのブロックの下段の**コーイェ**（寝棚）に横たわっていた母。病棟の寝棚で最後の命の火をかすかに燃やしていた母。母は同じようにみじめな状況の中で横たわる他の囚人たちと一緒でした。そんな極限状態にいた母を見ただけで十分でした。最後に一緒に祈った言葉、それは「あなたの守護にわたしどもはおすがりします……」でした。そして母は自分の二人の息子（わたしの二人の兄）に贈る祝福の言葉をわたしに託しました。

一人ぼっちになった最初の夜、わたしは母のために祈りました。「ようやく楽になったね」と母に語りかけ、母と会話を交わしました。忌まわしいビルケナウで生きるよりは、ここで死んだ方がよっぽどましだったのではないでしょうか？

戦後、何年もたってからアウシュヴィッツ＝ビルケナウの病院が提示した母の強制収容所死亡証明書を見ることができました。そこには母の死因が一九四三年十二月三日に起こった心筋梗塞と書かれていました。わたしと母の逮捕理由は決して示されることはなかったのに、母の死因は黒を白と書かれていました。事実とはまったく違っていたのです。ドイツ人は違法行為と血まみれの暴力と比類のない恐怖の上に自分たちの立場の正当性を打ち立てました。そんな政策の何百万人もの犠牲者の一人、それがわたしにとって最愛の人、母でした。収容所でほとんどすべての人を結びつけた共通項があります。それはそこで肉親を失ったことです。一九四三年十二月三日、わたしはその悲劇的共同体の一員になりました。その夜、わたしには誰も何も問いかけたりしませんでした。なぐさめもありませんでした。わたしの仲間はみんな、わたしが何を感じているかを知っていました。わたしにとってはこれから生きるか、死ぬのかはもうどうでもよいことになりました。時は十二月。収容所での初めてのクリスマスが近づいていました。

## 収容所の病棟にて——「リンゴをください！」

母の死後、わたしの体調は悪くなりました。もしかしたらチフスの最初の兆候かもしれないと音楽隊の仲間たちは言いました。数日後、厳しい冷え込みのためにマンデルの許可を得てブロック内で行われていた朝の点呼の時、わたしは気を失いました。**レヴィル**（収容所病棟）に入ることになり、仲間たちの手によって木製の担架に乗せられ、チフス患者用の病棟に運ばれました。

他の囚人たちに比べて、わたしの入院環境はかなり良かったことを認めなければなりません。それはわたしが音楽隊のメンバーであり、さらにアーリア系だったからです。収容所当局には、音楽隊のアーリア系メンバーの数をできるだけ多くする必要があったのです。それゆえに当局は、わたしを特別扱いにすることに同意しました。寝棚にはわたしの他にもう一人の患者しか横になっていませんでした。他の寝棚には死にかけている患者が三人も四人も寝ていたのです。

わたしは寝間着を着ること、かなり清潔な毛布を使うことも許されました。日に一度、看護婦に体を拭いてもらい、看護婦はその目的で洗面器に水を運んできました。最初は気づかなかったのですが、後になってその同じ水を近くにいる数人の患者も使っていること、患者たちはそれをとても喜んでいることを知りました。

知り合ってまだ二か月にもなっていない音楽隊の仲間がわたしを見舞いたくて、こっそり「b」区域から「a」区域に忍び込んで来ました。それは禁じられていることで、捕まったら厳罰に処せられることでした。

意識を取り戻し、熱が下がると、わたしは激しい喉の渇きに襲われました。仲間たちが収容所のお茶を瓶に入れて持って来てくれたのですが、夜の間に盗まれてしまうことがたびたびでした。高熱にうなされた病人が起き上がって他人の寝棚をうろつき、飲み物を探していたためです。収容所の病棟には、薬も包帯も衛生用品もありませんでした。包帯の代わりとして使っていたのはトイレットペーパーです。医師と看護婦の数も絶対的に不足していました。**レヴィル**に雇われていた人の多くは医学的素養のない素人でした。病棟とは名ばかりで実際は死にいく場所だったのです。しかし病に苦しむ者にとっては、何時間も続く点呼に並ばなくてもすむという安堵感がありました。とりわけ高熱の「新患」は直前まで別の患者が使用していた汚れたわら布団の上に裸で寝せられ、すぐわきには別の病人が横になっていました。女性患者数は一棟に七百人から八百人いましたが、そのうち百人ほどが毎晩死んでいきました。

病棟の一日は体温測定で始まり、体温測定で終わりました。親衛隊の医師は各寝棚にぶら下げてある患者カードに体温経過グラフを入念に記入するよう命じました。患者の体温記録は、彼ら偽医師が選別を判断する際の基礎材料となりました。わたしは病棟にいた間に彼らの選別を目撃しましたが、その時はユダヤ人だけが対象になっていました。すべての患者が受けた指示は寝棚に横になっていることだけで、病状について問いかけられることは一切ありませんでした。病棟スタッフは、患者カードに記入された体温を医師に読み上げました。高熱のある病人に対し、医師は起き上がって、もちろん裸のままで、棟の一方からもう一方まで続いているレンガ製暖炉の上に立つようにと命じました。医師は暖炉の上に立っている患者を眺め、最も**ムズウマン**化した者を選別しました。選別された女性たちは監視のもと、病棟を出ていかなければなりません。それはガス室いき、あるいはガス室にいくまで一時的に滞在する「死のブロック」と呼ばれた第25ブロックに入ることを意味しました。「死のブロック」では飲食物も衣類も与えられず、時には数日間放置されました。放置された人数が多くなると、無蓋《むがい》トラックに乗せられ、ガス室へと運ばれました。

冬が終わる頃、まさに地獄のような、そんなトラックの光景を目撃したことがあります。晩がたでした。行進曲を演奏した場所から、自分たちのブロックに腰掛を戻していた時です。突然トラックのエンジン音に交じって、女たちのすさまじい叫び声と胸をえぐられるような歌声が聞こえてきました。「行こう、祖国の子らよ……」それはフランス国家『ラ・マルセイエーズ』の一節でした。わたしは一瞬後に彼女たちを待ち受けている運命を思い、胸がかきむしられ、同時に彼女たちの誇り高い態度に胸を打たれました。夜が近づき、わたしたちは自分たちのブロックに戻らなければなりません。それはわたしたちにとってはラーゲルシュペラ（外出禁止時間）を意味しましたが、あの英雄的なユダヤ女性たちにとっては無慈悲な最期の時を意味しました。

危険をおかして見舞ってくれた音楽隊の仲間たちの支えと配慮がなかったら、そして最も重要なことですが、かけがえのない存在になったカタジナ・ワニェフスカ医師が秘密裏に手を回し、わたしのために注射を「組織化」してくれなかったら、わたしのチフスからの生還はなかったでしょう。体力の消耗は大きかったものの、病状は回復に向かいました。高熱の中、わたしは自分が病棟にいることは分かっていましたし、病棟では何を要求してもむだであることも分かっていました。それなのにわたしは厚かましい要求をしたのです。今でもはっきり覚えています。「リンゴをください！」と言いました。誰彼かまわずにわたしはお願いしました。「リンゴをください！」と。まるで祝詞《のりと》のようにこの言葉を繰り返しました。そして待望のリンゴを手に入れたのです！　誰の善意のお蔭で、誰の共感を呼んで奇跡の果物が手に入ったのか、わたしは知りません。たぶん看護婦のひとりが持ってきてくれたのでしょう。そのリンゴの味は格別でした。二度と味わえない、二度と忘れられない味でした。わたしの人生において間違いなく最高においしいリンゴでした。その後の収容所生活でわたしが初めて親族から食料品の小包を受け取った時、病棟にいってあの二度と忘れられない奇跡のリンゴのお返しをしたい思いにかられました。しかし、実行はしませんでした。あのぞっとするほど恐ろしい病棟に、もう一度足を踏み入れる力も勇気もわたしにはありませんでした。その看護婦が何という名前なのか、どんな外見なのか、正直言ってわたしは知りません。わたしの感謝の気持ちは**レヴィル**（収容所病棟）に対する嫌悪感と恐怖感に負けてしまいました。

しばらくの後、クリスマスが来る前のことでしたが、わたしの病状はかなり良くなり、病棟を出ることになりました。そのためにある手続きが必要となり、わたしは行列に並んでいました。その時に再びわたしは失神し、倒れてしまいました。意識を取り戻すと、また病棟の寝棚に横たわっていました。

結局、わたしはチフスに打ち克ちました。しかし手にはフレグモーネ、つまり化膿した水ぶくれが残りました。唯一可能だった治療手段は日に一度包帯として使っているトイレットペーパーを交換することでした。トイレットペーパーだって容易には手に入りませんでした。さらにわたしは疥癬《かいせん》にも感染しました。ビルケナウでは伝染病だった疥癬の患者の中には患部に自分の尿を塗ることを勧める者もいました。一度はわたしも試してみました。この時もまた音楽隊仲間の助けがなかったなら、この恐ろしい病気に太刀打ちできなかったことでしょう。音楽隊ブロックに戻ったわたしのために、仲間たちは疥癬治療に効果のある軟膏を「組織化」してくれました。それは収容所に関わっていた抵抗運動が地下ルートを通じて収容所に届けてくれた薬でした。

収容所生活は続きました。一九四四年夏のことです。わたしはさらにもうひとつの特殊な治療に身を委ねました。壊血病が悪化し、歯を全て失う恐れがあったのです。そんな時、収容所道路で偶然に出会ったゾーシャ・ヴァルチェフスカが手を差し伸べてくれました。彼女と最初に知り合ったのはまだルヴフの刑務所にいた時ですが、ゾーシャは早い段階でルヴフの刑務所からマイダネク収容所（＊ナチス・ドイツが第二次世界大戦中にポーランドのルブリン郊外に設置した強制収容所）に送られ、そこで、元来は看護婦ではなかったのですが、病棟の仕事に就きました。ところがソ連軍の圧力によってドイツ軍が西へと追いやられた結果、マイダネクの囚人たちはオシフィエンチムに撤退させられ、ゾーシャはオシフィエンチムの病棟で看護婦として働いていたのです。彼女はわたしに壊血病の対処法を教えてくれただけではなく、サルヴァルサンという薬を「組織化」してくれました。サルヴァルサンは通常は性病の治療薬でしたが、わたしの壊血病にも効果を発揮しました。

一九四三年、わたしは収容所に入って初めてのクリスマスを病棟で迎えました。そんなある時、音楽隊仲間が一枚のクリスマスカードを持って来てくれました。差し出し人はかつての学友でプシェミシル（*ルヴフの西、現ウクライナ国境近くにあるポーランドの町）出身のアーダ・バラヌヴナでした。カードにはツリーの枝が添えてありました。検閲がありましたから、文面はありふれたものでしたが、アーダはわたしの健康を気にかけてくれていました。幸い、わたしの体調は少しずつ回復に向かっていました。

アーダからのカードは今も大事にしまっています。同じように大事にしまっているのは、ツリーの小枝の絵が描かれた厚紙の切符のように小さなカードです。それはゾーシャ・ツィコーヴィヤクの依頼で造形美術の才のある「小さな」エレン（*女性音楽隊には二人のエレンがいて、大柄か小柄かで区別した）が作ってくれたものです。一九四三年十二月二十四日の日付のあるカードには、音楽隊仲間からの健康回復の願いが記されています。

一九四四年一月五日、わたしはようやく病棟から出ました。しかし音楽隊の練習に加わる体力はまだなく、力が戻るまで練習を休ませてほしいとアルマに申し出ました。アルマは理解を示してくれました。わたしは数日間の休養をとり、元気を取り戻しました。アルマにはとても感謝しています。彼女との会話はいつも冷ややかで、素っ気ないものでしたが、それでもビルケナウという恐ろしい場所にあってアルマが寛大な態度に出てくれたことは、彼女の中に思いやりと共感の心が潜んでいることを証明していました。

## 音楽隊の娘たちの中で

**ラーゲルカペラ**（収容所音楽隊）のメンバーだった女性囚人の大部分は若い娘たちでした。中には十数歳の女の子もいました。彼女たちは文化的で、知的で、生まれ育った環境で培った行儀良さや礼儀作法をビルケナウにおいても最後まで投げだすことはありませんでした。それは決していさかいを起こさなかったという意味ではなく、彼女たちの礼儀正しさの形や内容が収容所の野蛮さからはほど遠かったということです。他とは比較にならないほど恵まれた音楽隊の生活環境が、残酷ないさかいに発展する機会を与えなかったということでもあります。

メンバーの多くはフランス、ベルギー、ドイツ、チェコ、ハンガリー、ギリシャ、オランダから移送されてきたユダヤ人たちで、ポーランドからのユダヤ人も数人いました。彼女たちは幸いにも最初の選別でガス室いきを免れたのです。さらにソ連邦出身の人たちが小さなグループを作り、残りがポーランド人でした。収容所当局は音楽隊の存在を認めてはいましたが、ひとつの条件がありました。それはメンバー構成がユダヤ人だけにならないようにすることでした。

メンバー間の付き合いは、収容所生活の二つの点において分極化しました。ひとつは言葉の壁がもたらしたもの、もうひとつは、非ユダヤ系囚人は家族や知人から食料品の小包や手紙を受け取ることができたのに、ユダヤ人は残念ながら受け取ることができなかったことによる反目から生じたものです。したがってそこでは、昔からとられてきた分割統治(divide et impera)の原則が働きました。

わたしたちはドイツ語で意志を伝え合いました。アルマがメンバーに対して使ったのもドイツ語です。しかし、ドイツ語の心得の度合いはメンバーによって実にまちまちでした。わたしたちはベルギー、フランス、オランダ、ギリシャなどのドイツ語圏以外の国からきたユダヤ人たちとは、ラーゲルシュプラッヘと呼ばれた収容所バージョンの訛《なまり》のあるドイツ語を使ってコンタクトをとりました。しかもこの収容所隠語を使ったのは通常の会話においてではなく、情報や命令などを伝える時でした。同じ国出身の仲間とおしゃべりをする時には、もちろん自由に自分たちの言語を使ったのは言うまでもありません。

夕方の点呼が短く終わった時、わたしたちはおしゃべりをしたり、こっそりとタバコを吸ったり、あるいは危険を冒して他のブロックにいる家族や知人に会いにいきました。一番多かったのは、やはり数人が誰かの寝棚に集まっておしゃべりをすることでした。会話の中でわたしたちは戦前を思い出し、故郷に「戻り」ました。頻繁に話題になったのは食べ物に関わること、つまり好物やその調理法についてです。わたしは特殊な鉛筆で小包の包み紙にレシピを書いたものです。ショートケーキ、スープ、ソース、デザート、タルトの作り方を小さな文字で記した紙切れ。わたしは今もそれを大切に保管しています。

音楽棟の別の場所ではフランス語で、イディッシュ語（＊主にドイツ、東欧のユダヤ人が使用していた言語）で、あるいはドイツ語、ロシア語でおしゃべりをするグループが生まれました。言語圏は様々でしたが、そこに満ちていた雰囲気はまったく同じもので、お互いの話に耳を傾け、そこに励みを見出し、親しみのこもった身振り手振りでお互いを元気づけました。時にはそれぞれのグループから笑い声が上がりました。誰かがジョークを言ったり、愉快な話を披露したり、誰かに小さないたずらを仕掛けた時などです。ある時、わたしはドイツの**オフラグ**（捕虜収容所）にいた親戚の男性から手紙を受け取りました。手紙にはドイツ語でわたしに送ってよこした小包の内容が記されていて、仲間と一緒に手紙を読み合いました。上着一枚、下着一組、タオル一枚、寝間着一枚、チョコレート一枚、石鹸《せっけん》一個。しかしこれらの品物は実際には届きませんでした。わたしの失望を知った仲間たちは紙を切り抜いてそれぞれの品物のミニチュアを作り、次々にわたしに手渡してくれました。わたしはミニチュアの品物をみんなに振る舞い、わたしにとっても、仲間にとっても楽しいひと時となりました。

言葉の壁はしばしば緊張と憎悪を引き起こしました。ゾーシャ・ツィコーヴィャクはこの問題を一九九六年の報告書に的確に記しています。

「全員がドイツ語に通じていたわけではなく、他の者は理解できないのをいいことにして、同じ言語を使う仲間どうしではより活気のある付き合いが持たれた。［……］

言葉の壁が原因で一番困難な状況にあったのはギリシャ人たちだった。彼女たちとは収容所隠語で対応した。国籍や人種の違いからくる反目は起きなかったが、昼も夜も収容所の環境の中で鼻を突き合わせて過ごさなければならない人間の集団だったから、言葉の壁や文化的な相違に起因した散発的ないさかいは生じた。しかしそれもすぐに清算するように努めた。

［……］音楽隊メンバーの国籍（言語）構成は実に様々で、まさにバベルの塔だった」（注15）。

バベルの塔だった音楽隊のユダヤ系囚人と非ユダヤ系囚人の間の二番目のハードルは、ポーランド人が、全員ではないものの、収容所では非常に貴重なタマネギ、ニンニク、乾パン、砂糖、ラードなどの入った小包を受け取ることができたことから生じました。ユダヤ人たちがこのことを非常に羨ましがったのは当然のことです。

ポーランド人グループの中に、あるアイディアが生まれました。発案者のゾーシャは、小包の中身を受け取っていない者たちともポーランド人どうしで分け合おうと提案したのです。しかしすべてのポーランド人がこの仲間に加わったわけではありません。実際には次のように行われました。朝の練習前と夕方の点呼後、当番が配ったお茶を飲みながら、晩にだけ与えられるパン、そしてひとかけらのマーガリン、一スプーンのビートのマーマレード、時には一切れのソーセージを食べました。しかしこの囚人食はとうてい空腹を満たす量ではありません。そこで足りない分を家族や親戚が送ってくれた小包の食料で補ったのです。しかし小包の中身は多くの場合、非常につましいものでした。なぜなら、ドイツ占領時代に配給券でポーランド人に割り当てられた食料はほんのわずかでしたし、闇市場を支配していたのは異常なほどの高値でした。ポーランド市民は戦前に手に入れた品物を売って食料を買い足すお金を作りました。もちろん売りに出す品物があればの話です。わたしたちの愛すべき家族や思いやり深い知人たちが大変な思いで手に入れ、送ってくれた小包の砂糖、ラード、リンゴ、タマネギなどをわたしたちは仲間の人数分に分け、公平に配りました。小包は日中は部屋当番の管理下で棚に置かれていたので、分配して食べるこの「セレモニー」は収容所の「朝食」と「夕食」の時に共同のテーブルで行われました。別のテーブルのユダヤ人たちはおいしそうな食べ物に対してだけではなく、わたしたちが月に一度小包を受け取ることに嫉妬心を示しました。小包そのものは非常に質素で、荷物部門の親衛隊員に念入りに検査され、検閲を受けていても、小包が届くこと自体が家族や知人が生きていること、わたしたちのことを気遣い、帰ってくる希望を失っていないことを証明していたからです。

わたしたちポーランド人とユダヤ人の間には壁が生まれました。その基にあったのは反ユダヤ主義ではなく、無慈悲な飢餓の力でした。ドイツの収容所に蔓延《まんえん》していたこの飢餓の力のせいで普遍的な連帯、人間性、思いやりという理想が負けてしまったのです。

この壁の増大はユダヤ人たちの態度とも関係していました。彼女たちはいわゆる**カナダ**で働く囚人たちと良いコンタクトを持っていました。**カナダ**で働く囚人の多くはユダヤ人で、彼女たちからよりましな衣類、下着、時には化粧品まで手に入れることができたのです。そのお蔭でさらなる取引ルートではパン、ジャガイモ、ニンジン、タマネギなどの付加的食料品を「組織化」することができました。

わたしには**カナダ**との接点はありませんでした。収容所に入った時に剃《そ》られた髪が再び伸びてきて目をふさぐようになると、わたしはバイオリンのE弦を利用してヘアピンもどきを手作りしました。このビルケナウの思い出の品は、わたしにとっては収容所生活の極限的状況を雄弁に物語るシンボルです。今も大事に保管しています。

ユダヤ人たちが**カナダ**から手に入れた豪華な品物を所有していることは、わたしたちの注意を引きました。さらにその中の幾人かの振る舞いはある種の思い上がりに見えましたし、わたしたちとは距離をおこうとする願望にも思えました。ガブリエラ・クナップの本（『Lebenswege von Musikerinnen im Dritten Reich』Hamburug 2000）の中に引用された一ユダヤ人の発言にわたしはそんな思いを認めました。一九四三年十一月三日、音楽隊メンバーのユダヤ人たちはアルマの誕生日のお祝いを言いにいった、と対談者は言及しています。わたしたちポーランド人にはアルマの誕生日のことは知らされませんでしたし、一緒にお祝いをしようと誘われもしませんでした。どうしてでしょうか？

いつも付いて回ったあてつけとか疑念は収容所の特徴的現実でした。絶え間なく起こる命の危険の目の前で小世界が形成され、そこでの人間関係はあらゆる局面において善と悪、豊かさと貧窮、尊大と卑下に立脚していました。しかしそのことをわたしが初めて思い返したのは戦後になってからのことです。あの時、あの場所でそのことを深く考えてみたりはしませんでした。

独特なバベルの塔だった音楽隊コマンドを構成していたのは楽器奏者、歌手、写譜係、そして**ブロコーヴァ**（棟長）と数人の**シュトゥボーヴァ**（部屋当番）でした。わたしたちは自分たちのことを「音楽隊の娘たち」と呼んでいました。音楽隊の娘たちを思い出し、その中の幾人かについて、述べてみたいと思います（注16）。

当時、よく分からなかった、今もよく分からないのはロシア人、いいえソ連人メンバーについてです。全部で六人いました。そのうちの三人、マンドリン奏者のオルガ、ギタリストのプローニャ（ブローニャ）とシューラはわたしが音楽隊に入った時にはすでにメンバーでした。一九四四年の初めに写譜係のアーラ（職業はピアニスト）、そしてマリアとソーニャが加わりました。マリアはチャイコフスカが別のコマンドに移ってからは棟長になりましたし、ソーニャはアルマの死後、指揮者と**カポ**の役割を引き継ぎました。この中でもっとも付き合いがあったのはアーラでしたが、それでも収容所に入ることになった事情とか理由を打ち明けてもらえるほどの仲ではありませんでした。わたしたちの興味を引いたのは、アーラとソーニャとマリアはソ連軍の将校であったにも関わらず、どうして将校用の**オフラグ**（捕虜収容所）ではなく普通の強制収容所に入ったのかということでした。ある日、突然、ユダヤ人たちが音楽隊から消え、音楽隊が存在しなくなったのち、収容所内で彼女たちを見かけることはありませんでした。戦後になってコンタクトを再開することもありませんでした。

ヨーロッパの全ての国からユダヤ人が送られてきていました。ドイツ人は絶滅を目的に同化ユダヤ人までをもことごとく強制収容所に連行してきたのです。わたしはそのうちの数人とは親しくなりましたが、ほとんど会話を交わさなかった人たちもいます。ベルギー出身の若く有能なバイオリニスト、エレン・シェプス（注17）とわたしは同じ譜面台の前に座りました。しかし彼女はフランス語しか話さなかったためにほとんど話をしませんでした。わたしのフランス語のレベルは低く、その壁を破って彼女と会話を交わそうとする力はありませんでした。特別な必要性もありませんでした。

エレン・シェプス、つまり「大きな」エレンに関しては悲しく、忘れられない思い出があります。病棟わきで行われた日曜コンサートの時でした。ちょうど輸送されてきたユダヤ人たちが、演奏場所にほど近い収容所の主要道路を死体焼却炉に向かって歩いていました。そのグループの中にエレンは自分の兄がいることに気づいたのです。絶望に陥ったエレンは大声で泣きだしました。アルマは「ここでは泣くんじゃない!」と言ってエレンを厳しく戒めました。わたしはエレンがかわいそうで、胸をえぐられるような思いでした。しかし、激しく感情をぶつけても誰かを救うことにはならないどころか、破滅的な失望を味わうことになります。アルマの冷たい態度は、そんな感情を回避する手段であることをわたしは知っていました。

戦争前、まだ学生だった頃、わたしは英語の学習に力を入れていました。驚いたことに、この言語に磨きをかけるチャンスが偶然にもビルケナウで到来しました。音楽隊のギタリストで写譜係だったチェコ出身のユダヤ人、マルゴットの戦前の職業は英語教師でした。マルゴットはすぐにわたしの英語学習に付き合ってくれることになりました。この異例の収容所での英語レッスンは午前中の練習が始まる前に行われ、マルゴットはとても良い先生でした。わたしは最大限この機会をものにしようと、手に入る紙切れ、例えば小包の紙とか手紙の余白に教えてもらったことをメモしました。収容所で英語学習のために作ったこのノートもまたわたしの大事な記念の品で、今も大切に保管しています。

わたしの「ビルケナウ記念品」の中には二枚の祝日カードもあります。それはゾーシャの依頼で「小さな」エレンがわたしのために作ってくれたものです。一枚目はわたしがまだ病棟に入っていた一九四三年のクリスマスに、二枚目は一九四四年の復活祭の時に作ってくれました。小さな行為ではあっても、そのことは収容所では特別な意味を持っていました。他の人に喜びを与えることが人間にとっていかに必要であるかを示したのです。それはわたしにプレゼントを与えてくれた者にだけではなく、頼まれてその制作に喜んで当たってくれた者にも言えることでした。「小さな」エレンはユダヤ人でしたが、彼女にとってユダヤ人であることはキリスト教世界のポーランド人のために祝日カードを作る妨げにはなりませんでした。

以上のこと、そして他の多くの行為、あるいはユダヤ人とコンタクトを持とうとする試みは言葉の壁が越えられないものではないことを証明しています。ユダヤ人に対するわたしたちポーランド人の態度に反ユダヤ主義があると見たのはステレオタイプです。ファニア・フェヌロンの回想記に何度も登場するこのステレオタイプは他のユダヤ人にも及んでいましたが、しかし全員ではありませんでした。

フランスのユダヤ人、ファニア・フェヌロンが音楽隊の声楽グループの一員となったのは一九四四年一月でした。優れた音楽教育を受けたファニアは、楽曲のオーケストレーションの面でもアルマを助けました。彼女はほとんどの場合、フランス語を話すユダヤ人とだけ付き合い、自分は音楽隊において特別の役割を持っているとの信念の下で生きていました。ですから数の上では圧倒的に多かった他の国からのユダヤ人に対してはお高くとまっていましたし、わたしたちポーランド人に対してはいつも意図的に反ユダヤ主義者だと決めつけていました。ハスキーボイスのシャンソン歌手に過ぎないことは見え見えだったのですが、歌手としての自分の能力を力説していました。

ある時、ファニアは自ら弦楽四重奏用に仕上げたベートーベンの『悲愴ソナタ』の第二バイオリンパートをわたしに受け持つようにと提案しました。わたしは同意しました。それは自分たちの楽しみ、そしてより高い芸術的志向を満足させるために「自主的な」音楽の夕べで演奏することになっていました。しかしわたしはポーランド人仲間の影響もあってすぐに同意を撤回しました。絶えずポーランド人をそそのかしているファニアとわたしが関係を持つことを、仲間は認めなかったのです。ファニアから話があった時、わたしはルヴフでのホームコンサートを思い出しました。ですからそんな演奏チャンスを逃したのはわたしにとっては残念でしたが、仲間に対する忠節の方が大事なことでした。

ファニアは一九七八年に自分の収容所回想記を出版し、二年後にはその回想記がアメリカのテレビで映画化されました。その回想記の中でファニアは反ポーランド的表現でポーランド人に対して侮辱的な攻撃を仕掛けています。前述したわたしの四重奏団での演奏拒否については反ユダヤ主義が動機であるとし、反ユダヤ主義の仲間にそそのかされてのことだとも書いています。残念なことにわたしがこの本を読んだのはファニアの死後の一九八三年になってからで、この点について、そして他にもこの回想記にあふれている虚偽について彼女に指摘する機会はすでにありませんでした。一九八九年に起きたポーランドの体制転換後、旅行と通信が自由にできるようになり、わたしはかつてのユダヤ人の音楽隊メンバーの何人かに会いました。彼女たちも異口同音にチャイコフスカやアルマ・ロゼ、そして他の音楽隊メンバーに対するファニアの中傷的見解に憤慨していました。さらに回想記に記されている親衛隊員および親衛隊女性監督の肯定的描写もまた不可解です。わたしは一九九五年の『プロ メモリア』（注18）誌上にこの本の書評を載せ、これら全てを書きました。

棟長チャイコフスカが規律の悪いユダヤ人に頻繁に投げつけたいらいらした罵声《ばせい》はいわゆる反ユダヤ主義とは何の関係もなく、収容所権力によって押し付けられた環境の中で規律を維持するにはどうしても必要なことでした。わたしたちポーランド人と言葉を交わし、仲良くしようとする気がなかったのはむしろユダヤ人の側でした。しかし全員ではありません。民族性は違っていても良い関係があったことを証明する多くの状況をわたしは覚えています。そのひとつが前述したわたしとマルゴットとの付き合いです。

ドイツ出身のヒルダはマンドリン奏者でしたが、音楽隊では写譜係をしていました。ゾーシャ・ツィコーヴィャクは手紙を書く時にヒルダの助けを借りていました。ヒルダは強い個性の持ち主で、ドイツ語を話すユダヤ人の中ではリーダー的存在でした。どうやらアルマとも親しくしていたようです。

ラヘラはベンジン出身のポーランドのユダヤ人でした。このラヘラを、そしてゾーシャを強迫的に悩ませたのが、「音楽隊で演奏しているお蔭で死の収容所を生きのびている。それは人間性を喪失している証拠ではないのか？」という問いでした。この二人の精神的苦悩は強く、電気が流れている「有刺鉄線にぶち当たる」ことを考えるほどでした。ラヘラの兄が**ゾンデルコマンド**（死体焼却炉で働いた囚人の特別労働隊）の反乱で死んだ時、ゾーシャはラヘラの絶望を少しでも和らげようと、この反乱が英雄的であったことを語り、兄を誇りに思うようにとラヘラを説得しました。わたしたちは収容所で唯一起きたこの武装行動の参加者を心から讃えたものです。

音楽隊の中で非凡な能力を有していたのはドイツのユダヤ人、ヘルガです。パーカッション奏者でしたが、彼女は音楽に対する稀有な情熱的気質を持っていました。戦後は消息不明になりました。

ユダヤ人グループの中には三組の姉妹がいました。ドイツ出身のカルラとスィルヴィア姉妹はブロックフルートと呼ばれたリコーダーを吹いていました。二人とも小柄で、ティーンエージャーに見えましたが、最近になって彼女たちの運命が書かれた小冊子を読む機会があり、もう少し年長だったことを知りました（注19）。

もう一組の姉妹はギリシャ出身のイヴェットとリリです。戦前は二人ともピアニストでしたが、音楽隊ではアコーデオンを弾きました。すでに音楽隊にはアコーデオン奏者が三人いましたので、リリの方はそのままアコーデオンに残りましたが、背が高くて均斉のとれた体をしていた十七歳のイヴェットはアルマの決断で敢えてコントラバスを担当させられました。コントラバスは演奏全体の響きを良くする上で欠かせなかったのです。わたしたちのブロックには数回、イヴェットにコントラバスの弾き方を教えるために、ビルケナウ男性音楽隊のコントラバス奏者が通ってきました。

三組目の姉妹に関して、わたしが知っているのはロッテ・クロネルの方だけです。ロッテは素晴らしいフルート奏者でした。比較的年上だったロッテのことをわたしたちは「クロネルおばさん」と呼びました。ロッテの妹のマリアはチフスに罹《かか》って早くに病棟で亡くなりました。ゾーシャの話ではマリアはとても控えめで、物静かで、魅力的だったそうです。

専門性を備えたメンバーの一人に、チェリストのアニタ・ラスケルがいました。彼女はヴロツワフ（＊ポーランドのシロンスク地方の中心都市）出身のドイツ系のユダヤ人でした。アニタはわたしのすぐ後に音楽隊に受け入れられました。彼女がアルマの前で受けた入隊テストのことをわたしはよく覚えています。見事な演奏でした。戦後、アニタはキャリアを伸ばし、ロンドン室内楽団で演奏しています。

音楽隊のユダヤ人メンバー全員の特徴を、収容所の何か具体的な出来事と結びつけて思い出すことはできません。けれども、すべての歌手、楽器奏者、そして他の任務に当たった者たちの名前をあげることならわたしは今でもできます。

音楽隊のユダヤ人メンバーたちが降車場の状況にことさら注意を向けている様子は表面的にはありませんでした。しかし輸送車両が到着する度に、彼女たちの落胆の度が増していることにわたしは気づいていました。わたしたちは心から同情し、ユダヤ人の運命がとりわけ悲劇的であることを意識していました。

ナチス・ドイツの死の工場は最大限に巧妙な悪の力によって作動していました。しかしその力が百パーセント発揮されたわけでは決してありません。なぜなら、囚人たちはどんなことがあっても人間性を守り、お互いに助け合い、気を配り、共感しようと努めていました。そしてそんな状況の中で生涯にわたる友情と連帯が生まれました。近親者がビルケナウの地獄に耐えることができずに亡くなった時、残された者の喪失感を埋めてくれたのは友情でした。ポーランド人の幾人かはわたしの最も誠実な親友になりました。

そんなわたしの一生の親友になったのは、愛称ヴィーシャのヤドヴィガ・ザトルスカです。音楽隊ブロックに現れたわたしに、出身地はどこかと最初に声をかけてくれたのがヴィーシャでした。その瞬間からルヴフ娘のわたしとクラクフ娘のヴィーシャは友情で結ばれました。ヴィーシャのお蔭でわたしはスチール製スプーンと無傷のきれいなホウロウ製お椀の所有者になりました。収容所の食器はひどい状態で、椀は曲がり、黒っぽくなった赤い色のホウロウにはひっかき傷がありました。スプーンはスズメッキで、ぎざぎざしていました。ヴィーシャからもらったわたしのスプーンは特別の品です。今も我が家の食器棚に収まっています。それを使うたびにわたしは親友を思い出します。さらにヴィーシャに感謝しているのは、彼女のお蔭でよりましでより暖かい下着を母に渡すことができたことです。母は厳しい運命の宣告を受け、日中はずっと吹きさらしの戸外にいましたし、夜はひどい環境のバラックで過ごさなくてはなりませんでした。愛する母の寝棚はいつも冷たくてじめじめした最下段で、そのことがさらにもうひとつの致命的苦しみをもたらしていました。ヴィーシャはわたしの母に対しても配慮を示し、手を差し伸べてくれたのです！

戦争前、ヴィーシャは幼稚園教師をしていました。バイオリンを最初に学んだのはおじさんのところです。その後、国内軍の通信員となり、総督管区と第三帝国の境界を不法に越えた時に逮捕されました。まずはムィスウォヴィツェの刑務所で、その後はクラクフの刑務所で残忍な拷問を受けました。一九四三年二月二十三日、ヴィーシャはおよそ五十人の女性とともにアウシュヴィッツに移送されてきました。音楽隊にいき着くまではビルケナウで最悪のコマンドに入れられ、土地改良のための溝掘り、養魚池の清掃、収容所近辺に住んでいた住民を立ち退かせた後の住宅解体に当たらされました。養魚池の清掃では水の中に入り、岸に生えている葦《あし》を切り取り、水底の泥を取り除きました。収容所に帰っても体を洗ったり、衣服を取り替えたりできるどころか、乾かすことすらできなかったそうです。家の解体作業も厳しいものでした。監視の親衛隊員に命令された数より少ないレンガを運ぼうものなら、殴打が待っていて、死に至ることもありました。そんな悲劇的状況からヴィーシャを「救った」のは、彼女自身の言葉によれば、チフスを患い、病棟に入ったことでした。完全に治りきってはいなかったけれど、チフス後の猛烈な飢餓感に襲われて病棟を出たヴィーシャは収容所政策部局に雇われていた囚人、マリア・シフィデルスカの仲介で当時組織されたばかりの女性音楽隊に入る許可証を手にしたのです。

ヴィーシャの三人の兄弟は彼女よりも先にアウシュヴィッツ強制収容所に収容されていました。十七歳のユージョ（＊ユゼフの愛称）はブロックⅡ広場の死の壁の前で銃殺され、最年長のスタニスワフは半年間の刑務所と収容所生活の後、衰弱して亡くなりました。タデウシュはしばらくはアウシュヴィッツにいましたが、その後グロス＝ローゼン収容所に移され、そこで五か月後に亡くなりました。

国内軍での地下活動の体験、収容所という環境の中で活動する能力、他人にいつでも手を差し伸べようとする思いやり、決断の速さ、収容所の現実に押しつぶされてくじけている人々に対する配慮、そんな長所の持ち主のヴィーシャは多くの人を助けました。その素晴らしい姿勢、他人に手を貸そうとする意志の源は彼女の高潔な家庭の中にありました。ヴィーシャは両親、四人の兄弟、そして二人の姉妹の愛に包まれて育ったのです。

さらにわたしの親友になったのはゾーシャ・ツィコーヴィャクです。ゾーシャはポズナニ（＊ポーランド西部の中心都市）出身の一九二三年生まれで、音楽隊のポーランド人の中では一番若い女性でした。戦争前はガールスカウト員で、戦争が始まると地下活動に加わりました。彼女自身の言によれば、「大きな罠」の時にポズナニで逮捕されました。非常に乱暴な尋問の後、逮捕者の一部は銃殺されました。ゾーシャは取り調べの際に残酷な拷問を受け、それが原因で片側の目を失明、耳には不治の障害が残りました。一九四三年四月にビドゴシュチュ県フォルドンで拘束され、その後、他の四人とともにアウシュヴィッツに移送されてきました。ゾーシャは収容所でも社会運動家としての能力を発揮しました。ポーランド人の誰かが受け取った小包の中身を、いろいろな事情で小包を受け取っていない他のポーランド人たちと分かち合うアイディアを出したのはまさにゾーシャでした。わたしも最初の小包を受け取るまではその恩恵にあずかりました。

ゾーシャに関わるある特別なエピソードがあります。他者に対していつも気配りと共感を忘れないゾーシャでしたが彼女はしばしば無感情の状態に陥り、気弱になりました。時には鬱《うつ》状態になることもあり、そうなると彼女は演奏から締め出されました。そんなゾーシャの症状を見てアルマは気がついたのかもしれません。音楽隊の環境は収容所の中では良い方ではあるけれど、運動と太陽と新鮮な空気の不足が体の消耗につながっているのではと。もちろん、ゾーシャは自分の落ち込みの原因がガス室と死体焼却炉の真ん前で音楽を演奏することにあるとアルマに率直に告げることはできませんでした。看守長へスラーと女性監督長マンデルは何度かわたしたちのブロックを「訪問」していましたが、そんなある日、音楽の演奏を楽しんだ後でマンデルはわたしたちに問いかけました。メンバーの顔色が悪いのはなぜかと。アルマは、もしかしたら太陽の光が届かない閉じられた息苦しい空間にいつもいるからではないか、と曖昧《あいまい》な口調で答えました。その時、まるでアルマの言葉を証明しようとでもするかのように突然ゾーシャが前に進み出たのです。そして自分を他のコマンドに移してほしいとへスラーに願い出ました。へスラーは、それなら**シュトラフコマンド**に、つまり懲罰隊に行けと短く答えました。幸いにも最終的にはそうはなりませんでした。ところがゾーシャにとっては危機一髪だったこの状況が、音楽隊全体にとっては好ましい結果をもたらすことになりました。女性監督長マリア・マンデルの提案で、わたしたちはある日「散歩」に出ることができたのです！

有刺鉄線を越え、ブジェジンカ（＊ビルケナウのポーランド名）の隣、絵のように美しく広がるハルメンジャ村の養魚池の方まで歩きました。夢のようでした。それはもちろん武装した親衛隊員、そして彼らが伴っている執拗《しつよう》に吠え続ける攻撃的な犬たちの監視の下での「散歩」でした。一九四四年の春のことだったと思います。長いこと触れることのなかった自然は、その美しさと香りと近さでわたしたちを魅了しました。ゾーシャは一瞬身を投げ出し、草に口づけをしようとしました。その時、一頭の威嚇的な犬が彼女に飛びかかりました。親衛隊員が何とか犬を引き離し、幸いゾーシャは無傷ですみましたが、命の危険にさらされたことは確かでした。犬は攻撃的に囚人を襲うように調教されていましたし、囚人を襲った犬たちに対してご主人である親衛隊員は惜しみなくご褒美を与えていました。

この散歩はわたしにとっても忘れ難いものになりました。水に入って泳いでもよいという許可が下りたのです。泳ぎが大好きだったわたしは有頂天になってこの非日常的チャンスを利用しました。この散歩にはアルマも一緒だったでしょうか？　思い出せません。もしかしたら、アルマの死後のことだったのでしょうか？

有刺鉄線を越えての散歩が気分転換になったのはほんの束《つか》の間でした。ゾーシャは再び意気《いき》阻喪《そそう》に陥り、希望を失い、食事を拒否し、完全に鬱状態になりました。そんな状態からゾーシャをいつも引き出したのは、根気強くて思いやりのあるヴィーシャでした。

さらにもう一人のわたしの親友はベンジン（＊オシフィエンチムの北、シロンスク地方にある町）出身のマリシャ（＊マリアの愛称）・モシです。マリシャは古参者としての収容所番号を持っていました。知り合った時にわたしの注意を引いたのは彼女の長い金髪でした。桁数の少ない番号、そして長い髪は収容所生活が長いことを示しています。彼女は最初は自分の母親と一緒でしたが、その母親はじきに亡くなりました。チャイコフスカはマリシャをすぐに写譜係として雇い、そのことが彼女を救いました。マリシャは受け取った小包の中身を分け合う仲間の一人で、彼女の小包からは「万能薬」、つまり刻んだタマネギ入りの肝油の瓶が出てきました。ある時、わたしはマリシャからドイツ語で書かれたハイネの詩を受け取りました。それは収容所の環境の中では稀な読み物でした。何よりもわたしの記憶に強く残っているのは、ツィプリアン・ノルヴィット（＊一八二一～一八八三。ポーランドの詩人、作家）の詩『わたしの歌』を朗誦したマリシャでです。この詩の中で繰り返される言葉「あの国へ……神よ、わたしは故国に思いこがれているのです！」はわたしの心の底にある状態をそのまま表現していました。わたしも、そしてわたしの親友たちもソ連邦ロシアとヒトラー・ドイツによって辛酸をなめさせられている祖国ポーランドに恋い焦がれていたのです。戦争という劇場から届く知らせは、かすかに燃えているポーランド再生という希望の火を消さずにいました。ポーランドは再生しました。しかし残念なことにルヴフを失うという傷を負っていました。マリシャは戦後、故郷のベンジンに戻って結婚し、ヴドーヴィク姓を名乗りました。そしてベンジンの元政治犯連盟で活動しました。

もう一人、写譜係のポーランド人としてカージャ（＊カジミェラの愛称）・マウィスがいました。彼女はわたしたちの輪には入らず、わきにいることが多かったのですが、彼女に関しては戦前にヒットした映画『ポレシェ地方の魅力』の主題歌を好んで歌っていたのを思い出します。

女性音楽隊メンバーにはさらに二人のポーランド人がいました。一人はイレナ・ワゴーフスカ、もう一人はダンカ・コルラコーヴァです。イレナの方はわたしたちより年長だったので敬称をつけてイレナさんと呼んでいました。イレナさんはワルシャワ出身で、わたしたちより年上の四十歳前後でした。ヴィーシャと同じ譜面台の前でバイオリンを弾いていましたが、彼女もわたしたちのグループには入らず、わきにいることが多かったです。ヴォジスワフへ向けての死の行進の際に、彼女は体力を失い、マリシャに支えられていました。戦後は音信が途絶えました。

ダンカ・コルラコーヴァもまたワルシャワの出身で、本来はピアニストでしたが、音楽隊ではドラムとシンバルをたたいていました。非常に背が高く、均斉のとれた体つきをしていましたが、重いシンバルを運んだり、演奏したりすることで体力を消耗していました。わたしたちが毎日、五列縦隊になって演奏する場所まで行進する際にリズムをとったのはダンカです。戦後はズビグニェフ・ジェヴィェツキ教授のもとでピアノを学び、「マゾフシェ」（＊ポーランドの民族舞踏団）でピアニストとして活躍しました。

わたしたちは**シュトゥボーヴァ**（部屋当番）とは付かず離れずの付き合いをしました。その当番の中で最年長だったのがタルヌフ出身のフーニャ・バルフです。戦前は教師をしていて、チャイコフスカが指揮をしていた頃にはギターを弾いていました。アルマが指揮者になってから、フーニャは三人いた部屋当番の一人になりました。戦後は付き合いを失いました。

二人目の当番はイルカ（＊イレナの愛称）・ヴァラシュチクです。チャイコフスカが指揮者をしていた頃はマンドリン奏者でした。戦争前、ポーランドではマンドリン演奏が流行し、チャイコフスカが音楽隊メンバーを募ったところ、マンドリン奏者が比較的多く集まりました。チャイコフスカに代わって指揮者になったアルマは全体の音の響きを重視し、その結果、可能な範囲で楽器編成を変えました。そのために何人かのマンドリン奏者が外されました。しかし、アルマは音楽隊から外した者たちを「良い」**コマンド**に移すように心がけていました。戦後、イルカはウッチに住み、結婚し、夫の姓ヴァホーヴィチを名乗りました。彼女は非常に友だち思いで、三人目の当番だったマリルカ・ランゲンフェルトがウッチに職を得るように手を貸しました。

マリルカ・ランゲンフェルトはサノクに近いザグシュ（＊ポーランド南東部、ウクライナとスロヴァキア国境に近い町）の出身で、今もそこに住んでいます。彼女は音楽隊が誕生した時からのメンバーで、ゾフィア・チャイコフスカがメンバーを募った際にはその手助けもしました。彼女はバイオリンを弾きましたが、アマチュア程度の力しかありませんでした。アルマの時代になるとより上手なバイオリニストが現れたために、ゾーシャと並んで最年少ポーランド人だったマリルカは好感のもてる**シュトゥボーヴァ**になりました。彼女は**エフェクテンカメル**と呼ばれた収容所倉庫でよりましな靴、衣服、下着を手に入れてくれましたし、何よりも重要だったのは、収容所厨房《ちゆうぼう》から濃いスープを持ってきてくれたことです。彼女は、わたしたちにとっては宝物である衣類やスープをポーランド人であろうとユダヤ人であろうと民族性には関わらず、囚人たちの状態と必要度合いを考慮して分け与えてくれました。

このような娘たちから成っていたわたしたち音楽隊は、ドイツの収容所において音楽演奏を強制されました。そのお蔭で生きのびることができたのは確かなことです。しかし、指揮者アルマ・ロゼは自由の日を迎えることはありませんでした。

注15　Zofia Cykowiak, Orkiestra kobieca...,s. 73-75.

注16　わたしが音楽隊の一員となった一九四三年十月から音楽隊が消滅した時まで在籍した全メンバーの一覧表は巻末に収録。

注17　わたしたちはエレン・シェプスのことを「大きな」エレンと呼んだ。「小さな」エレンと呼んだエレン・ロウン

デルと区別するためだった。音楽隊に三人目のエレン（＊ポーランド語読みではヘレナ）、つまりわたしが加わった時、アルマはわたしのことをハリナと呼んだ。

注18 Helena Dunicz Niwińska, *Prawda i fantazja*,『Pro Memoria』Oświęcim 1995, nr 3, s. 73-75.

注19 Grossert Werner, *Carla und Sylvia Wagenberg – zwei Dessauer jüdische Mädchen im Mädchenorchester des Vernichtungslagers Auschwitz – Birkenau*. Sonderheft der Dessauer Chronic, 2007.

# 一九四四年四月四日

四月の第一日曜日、病棟と病棟の間で日曜コンサートが行われました。太陽がさんさんと輝く美しい日でした。演奏準備を整えたわたしたちメンバーはアルマを待っていました。現れたアルマがブロックの壁際に置かれた指揮台に上ると、わたしたちは彼女の合図を待ちました。ところがアルマは太陽の方に少し顔を向け、両腕を左右に開いたままじっと立っています。春の陽光に身をゆだねているようにも見えましたが、その顔は深い憂いに包まれていました。彼女の意気消沈の原因が、ここ数週間に起きた出来事にあることは確かでした。

当時、収容所の降車場にはユダヤ人を乗せた輸送列車がほぼ毎日のように到着していました。ダヌタ・チェフが書いた『アウシュヴィッツ強制収容所における出来事目録 Kalendarium wydarzeń w KL Auschwitz』のページをめくると、そこには当時の情報が短く記されています。

——一九四四年三月二十五日、オランダのヴェステルボルク収容所からRSHA（ドイツ帝国国家保安部）輸送機関により五百九十九人のユダヤ人が到着、そのうち二百三十九人をガス室で殺害。三月三十日、フランスのドランシー収容所から第70RSHA輸送機関により千人のユダヤ人が到着、そのうち四百七十二人をガス室で殺害。

実に簡潔に書かれていますが、わたしたちはその出来事をこの目で見ました。出来事の証人になったのです。あまりの悲惨さにわたしたちは麻痺状態になりました。そしてこの恐ろしい犯罪行為を目にした者は生きのびる希望を失いました。

十数日前の三月八日夜から九日にかけて、テレジン（＊チェコ北部の都市）強制収容所から移送されてきたユダヤ人の家族収容所が閉鎖され、一夜のうちにそこに収容されていた全ての男、女、そして子どもたちがガス室で殺害されました。

春を迎えて暖かくなった陽光が照らし出したのは、わたしたちとアルマの沈んだ悲しげな顔だったのはそんな出来事があったからです。日曜コンサートが始まりました。周りにはまだ比較的元気な数十人の囚人たちが来ていました。彼女たちにとって音楽は束《つか》の間の息抜きであり、収容所の現実から一瞬でも我が身を引き離してくれるものでした。コンサートはアルマが組み立てたプログラムに従い、クラシックの前奏曲からオペラの曲へと進みました。その間にオペレッタの一部分や行進曲が割って入りました。行進曲は朝と晩に弾いているものではなく、『ラデツキー行進曲』のような作品です。聴衆は多く、音楽が彼らに喜びをもたらしているように見えました。最後に軽めの曲、例えばタンゴ、ワルツ、フォックストロットを演奏しました。周りから拍手喝采が上がります。いつものように日曜コンサートには、収容所管理機関のドイツ人も数人聴きに来ていました。しかし、わたしたちに満足感を与えてくれたのは囚人たちの存在で、彼女たちの拍手喝采が絶滅収容所でコンサートを開くわたしたちの深い疑念をわずかでもしずめてくれました。

わたしたちが演奏し、アルマが指揮をしていたこの四月の日曜日、わずか五十メートル先の収容所主要道路を歩いていたのは、さらなる輸送でアウシュヴィッツに到着したばかりの大勢のユダヤ人たちでした。彼らは死が目前に迫っていることも知らずにクレマトリウム（死体焼却炉）の方向に向かっていました。

コンサートを終え、わたしたちはブロックに戻りました。収容所の日曜日の午後はいつものように過ぎました。手紙を書く者、他のブロックに誰かを訪ねる者。時には他のブロックから誰かが訪ねて来ることもありました。夕方になっても、音楽隊の状況を変えてしまうような大事件発生の兆候は何もありませんでした。

わたしたちの指揮者にして**カポ**のアルマは収容所内をかなり自由に歩き回ることができたようです。しかし、彼女がその特権をどの程度利用していたか、わたしにはわかりません。夕方遅く、アルマがエルザ・シュミットのところで開かれた誕生日パーティーからひどく体調を崩して戻って来たとのニュースがブロック内を駆け巡りました。激しい頭痛を訴え、嘔吐していると。その段階では不快で気がかりなニュースの域をまだ出ていませんでした。ポーランド人メンバーにその知らせをもたらしたのは、もちろんよりよく状況を知る立場にあったユダヤ人メンバーです。彼女たちはアルマがそのパーティーで食中毒にかかったとも言いました。エルザ・シュミットはドイツ政治犯の囚人で、**ベクライドゥングスカメル**（囚人用衣類収納倉庫）の**カポ**をしていました。収容所の中では高官の一人で通っていて、高官は酒宴を開くのが常でしたし、収容所の貴族とみなされていました。仕事柄、彼女は殺害されたユダヤ人たちが残した品物や食料を容易に手に入れることができ、それを利用して自分の誕生日パーティーを開くことができたのです。パーティーの席ではアルコールにもこと欠きませんでした。アルマの発病の原因は本当にアルコール、あるいは傷んだ食べ物だったのでしょうか？　病因については今も謎のままです。事件に関する様々な見解が収容所を飛び交い、毒殺説まで現れました。パーティー客の中には**プッフ**ママと呼ばれていた**ザウナ**の**カポ**もいました。この**カポ**はかつて歌手として音楽隊に入ろうと画策したのですが、アルマは採用しませんでした。シュミットの誕生日パーティーが「フラウ・アルマ」に復讐し、毒を盛るチャンスとして利用されたのかもしれません。戦後に出された回想記や報告書、様々な刊行物の中でも著者たちはアルマの死の謎に迫ろうと試みています。

いまだ闇に埋もれているこの問題に対して、わたしが最も確信が持てるのはスロヴァキアのユダヤ人、マンツァ・シュヴァルボーヴァが書いた回想記の中の断片です。マンツァは病棟の医師でしたし、何よりもアルマの親友でした。アルマが**レヴィル**（病棟）に運び込まれるとマンツァはすぐに駆けつけました。一九四八年に出した自らの回想記の中でマンツァは次のように書いています。

――四月三日の朝、誰かがわたしのところに来て、アルマが熱を出していると伝えた。すぐにアルマのもとに駆けつけた。彼女の顔は炎のように赤く、頭痛を訴えていた。さらに嘔吐を繰り返し、熱は三十九度四分に達した。それ以外の症状はなかった。「昨日、何を食べたの？」と問うと「悪い物は何も食べてない。ただ、あんたにだけは正直に言うけれど、ウオッカを飲んだ」と答えた。この言葉にわたしはぞっとした。アルマは前からアルコールはからっきしダメで、一度も飲んだことはないと話していたのだから。それに倉庫にあるアルコールはほとんどがメチルアルコールだった。……医師には成す術がなかった。非常に重いチフス、あるいは脳膜炎、それとも中毒か？

シュヴァルボーヴァが記しているメチルアルコールが、アルマの中毒の致命的原因になったのは間違いありません。しかし、アルマはそのアルコールをどのような状況下で飲んだのか、それはまったくわかっていません。一度もアルコールを口にしたことのなかったアルマは、誰かに飲むようにすすめられたに違いありません。当時、前述したように、三月後半にはフランス、オランダ、テレジンからのユダヤ人輸送がとりわけ多くなりました。アルマはそれに直面し、極度の落ち込み状態にありました。輸送者の中には戦前のアルマの音楽仲間がいた可能性もあります。

単なる中毒だったのか、あるいは毒殺だったのか、今も謎のままです。事実として残っているのは朝方にはアルマの容態が危機的となり、病棟に運ばれたことです。医学的処置を受けましたが、アルマは翌日、意識を取り戻すことなく亡くなりました。

アルマの発病、そして容態悪化は音楽隊に大きな不安をもたらしました。わたしたちは彼女の恩恵に大きくあずかっていたのです。

アルマの発病から死に至るまでの短い間、わたしたちは練習をしませんでした。しかし、朝晩の行進曲演奏はいつも通りに続けました。行進曲演奏に関しては完全に習熟していて、誰かが開始の合図を出せばすぐに演奏できたからです。

一九四四年四月四日午前、棟長のチャイコフスカが悲しい知らせを持ってきました。厳格で甘えを許さなかったわたしたちの指揮者アルマ。彼女はどちらかと言うと自分の中に閉じこもっていることが多かったけれど、ドイツ人に対しては決して卑屈になることはありませんでした。そのアルマが永遠にいなくなってしまいました。彼女の力、生きる姿勢を目にすることで音楽隊メンバーは生きのびる希望を抱いたものです。それなのに死はアルマに取りついてしまいました。棟長はさらに言いました。病棟わきに置かれている遺体にお別れにいってもよいと。わたしはいきませんでした。仲間の話では、遺体は並べたテーブルの上に安置され、かぶせたシーツの上には緑色の枝が添えられていたそうです。棺台のようにしつらえたテーブルのもとには音楽隊メンバー、他の囚人たちの他にドイツ人も来ていたそうです。

アルマの遺体がその後どうなったのか、その点についてはどの音楽隊メンバーの報告書にも記されていません。フラウ・アルマはレジェンドだったにも関わらず、収容所ではやはり番号に過ぎませんでした。アルマの亡骸《なきがら》は何百とある他の番号の中のひとつとして、同じ日に**ライヘンコマンド**（死体を集め、焼却炉に運ぶ労働隊）の手により、フル稼働しているビルケナウのクレマトリウムのひとつに運ばれました。春の太陽に照らされたアルマの憂いに満ちた顔を、わたしはしばしば思い出します。それはビルケナウ女性収容所病棟わきで行われた最後のコンサートが始まる直前に見た顔でした。アルマの死はそれ以後の音楽隊の運命に不安な影を落としました。フラウ・アルマ不在の音楽隊になったのです。

## アルマのいない音楽隊

わたしたちの指揮者、親衛隊員にさえ尊敬されていたフラウ・アルマは亡くなりました。死者を回想することも、悼むことも、弔うこともしない収容所の死でした。しかし、そんな死生観をわたしたちに押し付けていたのはアルマ自身でもありました。人間的感受性とは相容れなくても、そんな死に方を受け入れることは収容所で生きていくためには必要な条件だったのです。アルマの死後も、わたしたちは労働隊送迎時に行進曲の演奏をしました。

女性音楽隊は**コマンド**（労働隊）でした。したがって自分たちの**カポ**を持たなければなりません。わたしたちは誰が次の**カポ**になるかに思いを巡らしました。ポーランド人仲間は第一バイオリンを受け持っているわたしを候補に考えました。しかし、わたしにとってはあり得ないことでした。**カポ**は収容所権力を具現する存在です。たとえそれが人間的な**カポ**で、自分と同じ囚人たちを支えたい、虐げられることのないようにしたいとの人道的動機から収容所ヒエラルヒーにおけるその地位を引き受けたとしても、**カポ**である以上は囚人たちに規律を押し付け、その規律を厳しく実行に移す能力を持っていなければなりません。必要不可欠なその特性をわたしは持っていませんでした。指揮をとる能力にも恵まれてはいませんでした。当時のわたしはビルケナウに入って六か月が過ぎていましたが、いまだ**ズガング**（新入り）のように感じていたのです。

音楽隊のユダヤ人メンバーの中で指揮者になる野心を見せていたのは、ファニア・フェヌロンです。彼女は音楽隊においては疑いようもなく全ての面で音楽的素養を備え、非常に有能な女性でした。

アルマはフランス出身のファニアと若いクレール（コロラトゥーラ歌手）を歌手として雇いました。ファニアの声はいく分ハスキーでしたが、作品の解釈レベルは抜群でした。ファニアは自らの回想記の中で、自分がマンデルのお気に入りだったと書いています。しかし、それは真実ではありません（注20）。そもそもファニアの回想記は様々な作り話の寄せ集めであって、ユダヤ人仲間さえ批判的に評しています。

収容所当局が音楽隊を閉鎖するかもしれないという最大級の恐怖感が、わたしたちを襲いました。ところがアルマが死んだ翌日、当局は新しい指揮者を指名してきました。任命されたのは、それまでピアノを弾いていたロシア人、ソーニャ・ヴィノグラドーヴァでした。わたしたちは彼女が音楽隊に入ってすぐの段階で、親衛隊員に目をかけられていると気づいていました。ソ連人捕虜は一九四一年にアウシュヴィッツ第一収容所に収容され、その後ビルケナウに移されましたが、彼らの運命は悲劇的で収容所地獄を生きのびられたのはほんの一握りでした。ところが第三帝国が東部戦線で敗北を喫して以来、それまでよりはいく分ましに扱われるようになっていました。ソ連軍の将校だったソーニャが音楽隊の新しい指揮者に決まったのは、そんな計らいが関係していたのかもしれません。

ソーニャは、言ってみれば、すでに基礎のできていた音楽隊を引き受け、すでに磨きのかかっていたレパートリーの指揮をしたに過ぎません。自ら新機軸を出したわけではなく、特別な音楽的志向を持っていたわけでもありませんでした。アルマが到達したレベルを維持し続けるのは、ソーニャの指揮下では無理でした。練習時間は短くなり、演奏曲は行進曲だけとなり、日曜コンサートも取り止めとなりました。つまり、「フラウ・アルマ」の死後、ソーニャと音楽隊メンバーはアルマが作り上げた音楽隊の位置を利用したに過ぎませんでした。

アルマが亡くなってしばらくしてから、わたしたちメンバーには収容所**シュトリケライ**（編み物工場）の下着や衣類を修繕する仕事が課せられました。わたしたちはある種の安堵感を覚えてその仕事を引き受けました。仕事はアルマの時代に写譜係が使っていたテーブルで行われました。殺菌剤のいやな臭いがしみ込み、洗い切れていない衣類が運び込まれ、テーブルの上に山のように積まれました。仕事の単調さにアクセントをつけたのは、手を動かしながら戦前の詩や演劇や小説などをみんなで思い起こしたことです。その場を盛り上げたのは、音楽隊では歌手をしていたエヴァ・ストヨフスカです。彼女は戦争前には女優兼ポピュラー歌手としてラジオで活躍していました。わたしたちは一緒になってポーランドのポピュラーソングを歌いました。そうすることで時間は速く流れ、飢え、そしてわたしたちをますます苛《さいな》むようになった問い、つまり、生きのびて戦争の終わりを迎えることができるのだろうか、という問いを忘れることができたのです。

　ユダヤ人たちのテーブルでも同じような空気が流れていました。彼女たちもまた気落ちしそうになる心に負けないように、周囲の状況は厳しくても希望を失わないようにと努めていました。収容所のぼろ服と格闘するテーブルからは様々な言語の会話、ジョーク、そして時に歌声が聞こえてきました。

注20　Helena Dunicz Niwińska, *Prawda i fantazja*, recenzja książki Fani Fénelon;『Pro Memoria』Oświęcim 1995, nr 3, s.74.

## 「音楽隊は整列せよ！　ユダヤ人は列から出ろ！」

一九四四年五月から秋にかけては、主にハンガリーのユダヤ人殺害が続きました。そして西ヨーロッパ、テレジン、占領下ポーランドの残りのゲットーからもユダヤ人が次々に輸送されて来ました。音楽隊のユダヤ人たちのフラストレーションは増すばかりでした。そんな中で唯一の慰めとなったのが、悪化の一途をたどっているドイツの戦況の知らせでした。七月には赤軍に阻まれたドイツ軍が撤退を始め、撤収したマイダネク収容所の囚人たちがビルケナウに送り込まれて来ました。八月から十月にかけては、ワルシャワ蜂起に参加した一般市民が送られてきました。その中には、たくさんの子どもたちもいました。

当局は収容所の再組織に取りかかり、まだ働くことのできる囚人たちを労働力としてドイツ本国に送りました。しかしながらクレマトリウム（死体焼却炉）から、そして地面に掘った穴からも炎と煙がもうもうと上がっていました。ガス室で殺害されたユダヤ人の数が増し、クレマトリウムだけでは処理しきれなくなって、地面に掘った穴の中でも死体が焼却されるようになったのです。一九四四年の春から夏にかけては、アウシュヴィッツ＝ビルケナウのユダヤ人殺害が頂点に達した時期でした。

一九四四年夏、**ロイフェルカ**（伝令係）のユダヤ人、マーラ・ツィメトバウムがポーランド人の恋人エデク・ガリンスキとともに逃亡したというニュースが収容所内をかけめぐりました。わたしたちは逃亡の成功を喜びましたが、数週間後に二人は捕まり、待っていたのは死でした。エデクの死刑執行は男性収容所で行われました。マーラの公開死刑執行は囚人の目前で行われることになり、わたしたちはＢＩａ区域を横断している道路に集められました。そこにはすでに絞首台が用意されていて、わたしはできるだけ遠くに立つようにしました。刑執行は静寂の中で進行し、マーラに死刑宣告を告げる邪悪な言葉だけが周囲に広がりました。その時、突然、混乱が起きました。マーラと死刑執行人が視界から消えたのです。マーラが執行人の手から逃れ出た、自らの血管を切った、さらに親衛隊員の顔を殴った、との情報が囚人たちの口から口へと伝えられました。マーラは間もなく息を引き取りました。しかし勝利を得たのはマーラの方でした。彼女の態度は同じ囚人たちには称賛を、ドイツ人には激怒をもたらしました。自らの力を誇示しようとしたドイツ人の目論見《もくろみ》に反し、彼らの生贄《いけにえ》はビルケナウにおいてさえ「愛は存在し続ける」ことを示したのです。その後、男性収容所からも、最後まで威厳を失わなかったエデク・ガリンスキの立派な態度が伝えられました。

この記念すべき、ドイツ人にとっては不首尾に終わった公開死刑執行からしばらくの後、さらに忘れがたい事件が収容所を揺るがしました。一九四四年十月七日、クレマトリウムで強制的に働かされている囚人たち、つまり**ゾンデルコマンド**が反乱を起こしたのです。**ゾンデルコマンド**には主にユダヤ人が雇われていました。彼らは第四クレマトリウム爆破に成功しました。しかしながら爆破後、この唯一となった反乱の参加者は全員が収容所近辺に逃亡したものの、親衛隊員の追跡によって捕まり、殺害されました。**ゾンデルコマンド**反乱のニュースはすぐに収容所内に広まりました。第四クレマトリウムは爆破されましたが、残りのクレマトリウムからはその後も炎と煙が上がり続けました。

一九四四年十月三十一日の昼食時、一人の親衛隊員が不意にわたしたちのブロックに入って来て、命令を下しました。「音楽隊は整列せよ！」。わたしたちは即座に棟の前に出て並びました。ただちに次の不吉な命令が飛びました。「ユダヤ人は列から出ろ！」。わたしたちは恐怖のあまりに麻痺状態になり、機械的に整列し直しました。その間に音楽隊のユダヤ人メンバーは女性親衛隊員に導かれ、**ラーゲルシュトラッセ**（収容所主要道路）に出て行きました。別れの言葉をかけたり、手を振ったりする間もありませんでした。アーリア系メンバーだけになったわたしたちはブロックにもどったものの、不安の中で黙り込んでしまいました。後になって知ったことですが、ユダヤ人メンバーの行き先は「ガス室」ではなく、他の女性グループとともにベルゲン＝ベルゼン収容所に移送されたのでした。そのベルゲン＝ベルゼンで彼女たちは、一九四五年四月に英国軍に解放されるまで持ちこたえました。

残ったわたしたちは間もなく男性囚人が出た後のBⅡc区域に移され、ビルケナウ女性音楽隊の存在は終わりを告げました。そのことは**ラポルトフィレル**（親衛隊連絡隊長）、ドレクスレルに大きな満足感を与えました。ドレクスレルと同僚のタウベは音楽隊のことをただ飯食らいとみなし、事あるごとにわたしたちに嫌がらせをしていました。それはこの二人と監督長であるマリア・マンデルとの間のライバル争いから生じていることでもありました。ドレクスレルとタウベはマンデルに反感を持っていたのです。マンデルはサディストでしたが、同時に音楽愛好家で、音楽隊の後援者でした。彼女は主に単独で、時には親衛隊員を連れて音楽隊ブロックを訪れました。その知らせは「マンデルカが来るよ！」あるいは「オベルカが来るよ！」と大声で伝えられました。しかしながら**フラウエンラーゲル**（女性収容所）の他のブロックでは、マンデルがやって来るとの警報は最大の恐怖と結びついていました。マンデルはわたしたち音楽隊ブロックには音楽を聞きに来ましたが、他のブロックへの訪問では血まみれの犠牲者、時には死者を出すのが常でした。

ドレクスレルはいつも突然にわたしたちのブロックに現れ、寝棚や小包を乱暴に、情け容赦なく検査しました。寝棚を整頓していなかった者、化粧品や余分の下着など無許可の品物を隠し持っていた者には罰が下されました。それでもわたしたちがドレクスレルから受けた点検回数は、他のブロックの囚人たちよりは少なかったのです。

楽器、楽譜、譜面台、音楽隊の職務と結びついたすべての品物、他よりはましな生存環境、これらは他のブロックの囚人たちに嫉妬心を引き起こしました。しかし、音楽隊の消滅によってわたしたちはきちんとした毛布もシーツも単独の寝棚も失いました。ブロックの移動に当たり、何ひとつ持ち出すことはできませんでした。しかし、どうしても手離すことのできない自分の宝物を守ることに成功した者たちもいます。わたしの場合は手紙、そして小包の紙切れで作ったノートでした。ノートには英単語と料理レシピが書きつけられていました。かつてわたしはぼろきれで小袋を作り、それを上着の裏側に縫い付け、その中に大切な宝物を入れていました。寝る時も決して手放しませんでした。腰にはわたしのためにヴィーシャが手に入れてくれたスプーンとお椀を、いつもぶら下げていました。

# 労働《アルバイト》は自由をも《マハト》たらす《フライ》

　そんな囚人用の財産とともに、わたしはBⅡc区域にあるブロックのひとつに移りました。そこの環境は最悪で、いたるところひどく汚れていました。その当時はもう手紙や小包を受け取ることもなくなり、収容所での二度めの冬が近づいていて、飢えと寒さは耐え難いものでした。音楽隊メンバーから全てのロシア人が消え、残ったわたしたちは少数になりました。収容所全体が混乱していましたが親衛隊の蛮行は相変わらずで、いつ彼らの手に落ちても不思議はない状況でした。

　最大の危険は、解体したバラック、あるいは他の収容所建物から解体資材を運ぶ**コマンド**に入れられることでした。幸いこの区域には非居住棟もあったので、わたしたちはそこに身を潜め、労働力を求めて走り回る親衛隊員の追跡をかわしました。当時は収容所生活の中でも特に辛い時期でした。何か食べ物を「組織化」する可能性はまったくありませんでした。わたしたちはお互いに励まし合い、諦め、無感動、落ち込みといった今にも**ムズウマン**化（*体を揺らして祈る回教徒の姿から連想して、死を前にした極限状態の囚人を指した収容所隠語）しそうな精神状態の仲間がいると、最後の力を振りしぼって助けだしました。

一九四四年十二月半ば、わたしたちはビルケナウからアウシュヴィッツ第一収容所に移され、アウシュヴィッツ第一収容所のわきに囚人によって建てられた新しいブロック、いわゆる**エルヴァイテルングスラーゲル**の大きな部屋に入れられました。ドイツ人の女性囚人たちといっしょでした。そのブロックには収容所**プッフ**（売春宿）から移ってきた囚人もいるとの情報が伝わり、少々不安になりました。しかし、心配したことは何も起こりませんでした。

そんな時、祝祭日が近づいたことと関係があったのか、収容所司令部は女性音楽隊を再び活動させる意向を表明し、楽器奏者を募集しました。その結果は思わしくありませんでした。わたしたちのメンバーに加わったのは二人のマンドリン奏者、ヤニナ・パルモフスカとヤニナ・ソスノフスカ、そして歌手のヤニナ・カリチンスカだけでした。男性音楽隊指揮者のアダム・コプィチンスキと二、三回練習をしましたが、楽器奏者が極端に少ないこともあって、急ごしらえのグループはすぐに解散となりました。前線が撤退している時に何のために音楽隊を組織するのか、理解に苦しむことでした。司令部は誰の目をくらまそうとしたのでしょう？　自らの目をくらませたかったのでしょうか？

その後、わたしたちは収容所敷地内、敷地外を整理する様々な仕事に追い立てられました。

不定期な仕事で、主に牽引力《けんいんりょく》として使われました。つまりわたしたちはレンガや板を積み込んだ車両にくくりつけられ、親衛隊員の監視下で鉄道駅から倉庫へ、あるいは倉庫から鉄道駅へと、それらの資材を運ぶ仕事に当たらされたのです。その時、わたしは初めて悪名高い「労働は自由をもたらす」と書かれた門を目にしました。その後、何度もこの門をくぐりましたが、この人を馬鹿にした標語の重みに次第に強く押しつぶされそうになるのを感じました。

クリスマス前のある日、わたしたちは鉄道駅の近くにある赤レンガの建物に連れていかれました。建物の中のひとつの住まいに入ると、クリスマスツリーの飾りつけをするように命じられ、カラフルな紙とハサミを渡されました。見張りはいませんでした。その仕事を前にしてわたしたちの間に議論が起こりました。それは疑問と恐怖に満ちた議論でした。星を切り抜かなければならなかったのですが、どんな星に切り抜くべきか？　六角形の星？　それとも五角形の星？　ユダヤ風に六角形の星に切り抜いたとしても、赤軍風に五角形の星に切り抜いたとしても、わたしたちには危険に見舞われる可能性がありました。収容所が混乱の中にあってさえ恐怖はいつもつきまとい、離れようとしませんでした。この住まいにはキッチンもあって、そこに様々な国出身の囚人が雇われていました。そのうちの一人のフランスの囚人、そしてもう一人のノルウェーの囚人がきちんとした食事でわたしたちをもてなしてくれました。予期せぬ幸運にわたしたちは星に関するジレンマを忘れました。お腹いっぱい食べることができたのはいつ以来のことなのか、思い出せないほどでした。

一九四四年のクリスマスは、今までとはまったく違う雰囲気になりました。ドイツ第三帝国の日々に先が見えていたのです。戦争と占領下で迎えた六回目のクリスマスに、わたしは苦々しい思いでこの数年に迎えた各クリスマスに思いを馳せました。最初のクリスマスはソ連占領下の寂しく、惨めなクリスマスでした。次兄のボレクは国外移住地をさまよっていましたし、長兄のヤネクは「ドイツ占領下のワルシャワ」にいました。それでもわたしにはまだ両親がいました。二回目のクリスマスは同様の状況にありましたが、父が一九四〇年六月に亡くなり、父のいないクリスマスでした。三回目と四回目のクリスマスは母と二人きりでまだルヴフの家にいました。ドイツ占領下でした。一九四二年のクリスマス直後に不意にヤネクが家に現れ、わたしたちに大きな喜びをもたらしました。しかし、これが家族の最後の出会いとなりました。五回目、そして六回目のクリスマス。五回目はビルケナウで迎えました。母はもういませんでした。そして六回目のクリスマス。わたしは心配と懐かしさと期待を胸に、グロス゠ローゼン収容所にいるヤネクのことを思いました。しかし、この一九四四年のクリスマスが彼の若い人生の最後のクリスマスとなりました。その辛い事実をわたしが知ったのは、一九四七年になってからのことでした。

ビルケナウでは一九四四年晩秋から、アウシュヴィッツ第一収容所では一九四五年一月から、収容所撤収と建物および施設の解体がはっきりと目に見えるようになりました。何百人もの、いや千人以上の囚人グループが鉄道駅の方向に連れ出されました。木造バラックの解体に当たる**コマンド**が編成され、クレマトリウムの焼却炉も解体されました。炉は別の場所に運ばれ、そこでビルケナウと同様の目的で使われるのだろうとわたしたちは想像しました。

出口のない罠《わな》の中にいるような思いでした。一方では待ち望んでいた必然的とも言えるヒトラー・ドイツの敗北を意識しましたが、もう一方では相変わらず彼らの犯罪的権力の手中にあったのです。囚人たちはその後も飢えと寒さと衰弱で死に、拷問を受け、銃殺されました。銃殺の音が四方八方から聞こえ、幸運に救出される可能性は幻と化しました。

その当時、もうひとつの公開死刑執行がありました。一九四五年一月初旬の夕方のことでした。場所は収容所の厨房《ちゆうぼう》わきだったのか、あるいは**エルヴァイテルングスラーゲル**と呼ばれたアウシュヴィッツ第一収容所わきの新しいブロックのそばだったのか、正確には覚えていません。数人の女性が絞首台に吊るされました。全ての反逆者はこのように罰せられるのだと、当時の司令官は大声で言いました。司令官は反逆者と言いましたが、わたしたちにとって彼女たちは英雄でした。かつて彼女たちは最大の危険を冒して**ゾンデルコマンド**（クレマトリウムで遺体の焼却にあたった労働隊）メンバーに爆薬を届け、爆薬は第四クレマトリウムを爆破したのです。わたしたちは痛恨の思いを胸に、目の前で処刑されたユダヤ人女性たちに静かにお別れを告げ、いつまでも忘れないことを誓いました。

わたしたちは絶え間ない恐怖の中で日々を生きていました。間もなく撤退命令が下りることが予想されました。収容所施設の解体、そして別の収容所への段階的な囚人移動という形でその兆候が一九四四年晩秋から見えていました。手に入れたぼろきれでわたしたちは「組織化」した衣服を入れる袋を縫いました。一番大事だったのはブーツだったのですが、わたしたちのグループは誰一人、残念ながら袋に入れるブーツを持っていませんでした。撤退前にパンの配給があることを期待しました。パンを手に入れたら大事に保管し、みんなで分別を持って分けなければなりません。収容所の隠語で**ボイテル**と呼ばれた袋は後々、非常に役立つ品物になりました。

# 死の行進

一九四五年一月十八日、夕方五時頃、わたしたちは「労働は自由をもたらす」の門に近い通りに出て並ぶように命じられ、女性囚人は数百人ごとに五列縦隊を作りました。わたしたち五人のグループにはゾーシャ、ヴィーシャ、マリルカ、マリシャ・モシ、そしてわたしがいました。一人一人に一塊《ひとかたまり》のパンと十数個の角砂糖が与えられました。わたしはこの食料全てを大切に自分の**ボイテル**（袋）に入れました。周囲は騒々しい声であふれていました。出発命令が下る前のことでした。突然わたしのもとに二、三回一緒に練習をしたことのあるあの男性音楽隊指揮者アダム・コプィチンスキが駆けよって来て、フェイスクリームの入った丸い金属製小箱を差し出しました。そして、道中が無事であるようにと言いました。わたしはその小箱も**ボイテル**にしまいました。出発を告げる大声。絶望そのものの哀れな何千人もの囚人たちは収容所を出発しました。周囲はすでに闇におおわれ、雪が降りしきり、非常に寒い夜でした。

隊列は深い雪に行く手を阻まれながら、田舎のわき道を進みました。前に後に縞柄の服、あるいはぼろぼろの服を着た疲れ切った囚人の大群が歩いていました。最初の三、四キロメートルを歩いたところで道端には衰弱しきった人たち、ライフル銃あるいは**パンツェルファウスト**（対装甲車用榴弾）の床尾で殴られた人たち、ピストルで撃たれた人たちがすでに転がっていました。銃声が絶えず耳に届きます。それでも前に進まなければなりません！　一月の深夜にも関わらず、道路わきには近くの住民たちが恐ろしい行進の様子に顔をひきつらせ、じっと立ち尽くしていました。中には危険を冒して一切れのパンや飲み物を渡そうとしてくれる者もいました。彼らの善意を享受できたのはほんの一握りに過ぎません。しかし、まだその善意に気づく力が残っていた者たちにとって、彼らの行為はとても重要な意味を持っていました。

わたしたち五人のうち、ゾーシャが最初に衰弱しはじめました。ヴィーシャはゾーシャを肩に抱え、終始支えながら歩きました。ヴィーシャの行動に刺激されてわたしも自分より弱っている者に手を貸しました。このような行為がどれほど弱った者たちの支えとなり、後に「死の行進」と呼ばれたこの過酷な行進を耐え抜く力になったことでしょう。

真夜中、二十キロメートルほどを歩いたところで大きな納屋に到着しました。わたしたちは中に入って、小さなグループごとに壁際に腰をおろし、パンを食べました。何よりも喉が渇いていたのですが、飲み物は何もありませんでした。

わたしは中まですっかり濡れてしまった靴を脱ぎ、びしょびしょになった靴下もはずして、少しでも乾くようにと絞ってみました。母が収容所で手に入れた毛糸で編んでくれた靴下でした。赤い色でした。母は棒針編みが上手でした。戦争前には家族全員の靴下と手袋を巧みに編んでいました。ビルケナウのバラックのほとんど真っ暗な中で仲間の囚人に靴下を編み、そのお返しとして毛糸を手に入れ、それでわたしのために靴下を編んでくれたのです。愛すべきお母さん！　赤い靴下は母からの最後のプレゼントでした。永遠に忘れることのできない品物でした。

死の行進の最初の宿泊地となった納屋にいた時、わたしは見張りの親衛隊員の意外な行為に出会いました。わたしたちからそう離れていないところで、親衛隊員たちはコークスストーブのような暖房具にあたっていました。その中の一人がわたしたち五人グループを観察していたのでしょうか。わたしが濡れた靴下を絞っていると、彼はわたしの方に小さな渦巻状の物体を投げてよこしたのです。それは何と、乾いた厚い靴下でした。母からもらった靴下は乾かすために、わたしは自分のわきに置いておきました。しかし、残念なことに、朝の四時から五時の間、さらなる行進に駆り立てられた時には影も形もありませんでした。新しい持ち主の手に渡ったのでしょう。靴下をものすごく必要としていた人に違いありません。

寒さと喉の渇きに悩まされ、体を曲げたままでの短い眠りは翌日の行進に影響し、わたしたちは衰弱するばかりでした。手のひらで雪をとかしてなめてはみたものの、満足を得られる量ではありません。道端の死体は増えるばかりでした。一体どこを歩いているのか見当もつかないまま、わたしたちは前に進みました。

通過する村々には、おおむねわたしたちに好意的なポーランド人が住んでいました。次の夜の宿泊地に着いた時に知ったことですが、隊列から抜け出し、逃亡に成功した幸運な者たちがいました。彼らは近辺の住民に保護され、もちろんまだ完全に安全を保障されたわけではなかったのですが、それでも自由を手に入れました。逃亡は単独行動でのみ可能でした。命がけの決断は一刻を争います。しかしわたしたち五人のグループはいつも一緒にいるように心がけました。国内軍の連絡員をしていて、この辺の地理に強いヴィーシャには逃亡のチャンスがありました。しかし彼女は自分の助けを必要としているゾーシャを思い、そんな素振りは一切見せませんでした。

翌日の昼ごろ、さらに十キロメートルほどを歩いたところでプシュチナに到着しました。夕方近く、わたしたちは空の農作業小屋に追い立てられました。しかし、小屋の中で夜を明かすことができたのは一部の囚人たちだけで、多くの者たちはマイナス二十度もの寒さの中、戸外で過ごさなければなりませんでした。わたしたちは幸いにも中に入り、屋根の下で過ごすことができました。ぎゅうぎゅう詰めで、体を伸ばすことはできませんでしたが、それでも眠ることはできました。

三日目の昼ごろ、わたしたちはふらふらの状態でヴォジスワフ・シロンスキ（＊オシフィエンチムの西、六十数キロメートルの地点にある町）に到着しました。歩いて来た道には極限まで衰弱した人、逃亡を試みたり宿泊場所に身を潜めようとして殴られ、銃で撃たれた人たちが累々《るいるい》と倒れていました。親衛隊員はあくまでも熱心に自らの残忍な使命を遂行していました。ヴォジスワフでわたしたちは鉄道駅わきの広い敷地に集められ、今度は建物に入ることなく、夜になるまでずっと外に立たされていました。徒歩による移動はここで終わりました。わたしたちの殺人的行程は六十三キロメートルに及んでいました。

## 石炭用貨車で未知の地へ

夕方遅く、わたしたちは石炭運搬用の大型無蓋《むがい》貨車に乱暴に押し込まれました。発車後、道中はずっと大雪が降りしきり、お蔭で喉をうるおすことだけはできましたが、強い風が顔に当たって、まるで何百本もの尖った針が突き刺さるような痛みを感じました。凍傷から肌を守ってくれたのは、アダム・コプィチンスキからもらったフェイスクリームでした。わたしたちグループ五人は、全員に行き届く範囲でできるだけ厚く顔に塗りました。機関車の煙突から吹き出る煤《すす》がクリームを塗った顔にくっつき、まるで煙突掃除夫のような姿になりましたが、そんなことは大したことではありませんでした。クリームの金属製小箱がわたしの特別な思い出の品になったことはいうまでもありません。

各車両には親衛隊員が二人ずつ乗り込んでいて、彼らはコークスストーブのわきに陣取っていました。幸いにもゾーシャはストーブに比較的近いところにいたので、夜にはリスクはあったものの、自分とわたしの靴を乾かしてくれました。ところが、うかつにも彼女は何度か睡魔に襲われ寝入ってしまったのです。その間にわたしの片方の靴が焦げてしまい、使い物にならなくなってしまいました。この苦境を救ってくれたのはヤンカ（＊ヤニナの愛称）・パルモフスカでした。すでに書きましたように彼女は一月初めの収容所撤収直前、女性音楽隊が急に復活させられた時に仲間に加わったあの三人のヤニナの一人です。ヤンカはわたしに自分の予備の靴の片方を貸してくれることになり、わたしは窮地を脱しました。この靴は「ラーゲル漂浪」（＊ギリシャの伝説に登場するオデュッセウスの漂浪になぞらえた）が終わるまで使わせてもらい、ヤンカには非常に感謝しています。

この夜、貨車はゆっくりと進んだり、停車したりを繰り返しました。その間にわたしたちは寝入り、ふと目をさまし、とてつもなく長い時間が続いているように感じました。ある瞬間、西の暗い空に赤い閃光《せんこう》が走っていることに気がつきました。閃光はしだいに激しく拡がり、空を覆ってゆきました。燃えるベルリン上空の反照に違いありませんでした。その光景にわたしたちは寂寥感《せきりょうかん》を覚えるどころかその逆で、戦争を起こした元凶であるドイツ人に罰が下りていることを嬉しく思ったものです。

## ラーヴェンスブリュックおよびノイシュタット＝グレーヴェでの「オシフィエンチムから来た徒党」

一九四五年一月二十三日、ラーヴェンスブリュック収容所に辿《たど》り着きました。ここでわたしたちは「オシフィエンチムから来た徒党」と呼ばれました。何千人もの徒党の到着は、それでなくても満杯状態だったこの収容所の機能を混乱させました。凍えるほどの寒さにも関わらず、わたしたちはテントで生活しました。戦争終結が間近に迫っているという期待だけが、一日一日の悪夢のような生活を支えてくれました。アウシュヴィッツで全てを味わいつくした後、さらなる収容所でわたしは何を体験したでしょうか？　戦後の生活がどんなものになるかを想像する力さえ残ってはいませんでした。

ラーヴェンスブリュック収容所の環境はひどいもので、別の収容所へ移動したい者は申し出るようにとの情報が入るやいなや、わたしたちのグループは全員がそれに飛びつきました。ここより悪い環境があるはずはないと思ったのです。

数百人もの集団がいつもの五列縦隊に並び、今か今かと出発を待ちました。わたしは不意にこの日の日付を記憶しなければと感じました。一九四五年二月十三日でした。それは偶然にも兄ボレクの誕生日でした！

鉄道駅に連れていかれました。驚いたことに、待っていたのはそう悪くない状態の普通列車でした。列車は一晩走り、朝方に停車しました。わたしたちは降りて、広々とした野原のさらに奥に向かうように命じられました。周囲にはどこまでも続く白い雪原が広がっていました。しばらくすると寒さが骨の髄までしみ込み、わたしたちはその場で跳びはねたり、お互いに体をくっつけ合ったりしました。わたしたちを取り巻いていたかなりの数の衛兵と親衛隊員は、そんな様子を見ているだけでした。彼らの振る舞いは受動的で、もはやアウシュヴィッツのあの人でなしのドイツ人を思い出させるものではありませんでした。

生理的要求に迫られ、わたしたちは人気のない場所をきょろきょろと探しました。無駄でした。唯一残された手段は囚人の群から少し離れることぐらいでした。最初は威嚇的な言葉を投げつけていた見張りのドイツ兵たちは、やがてわたしたちの動きをじっと見ているだけになりました。しかし、見られていること自体が屈辱的なことです。わたしたちは用を足しただけではなく、周りにある新雪をトイレットペーパー代わりに使用しました。三週間ほど滞在したラーヴェンスブリュック収容所の衛生環境は惨憺《さんたん》たるものでした。ですから、今、厳しい寒さではありましたがこのチャンスを利用しようと思ったわけです。まだどこへ連れていかれるのか分かりませんでしたが、ラーヴェンスブリュック収容所より悪い環境になることは想像もできませんでした。すでにわたしたちはいかなる羞恥心も、当惑する心も失っていました。それでも衛兵や親衛隊員に用を足しているところをじっと観察されるのは、本当に屈辱的なことでした。

ようやく出発の命令が下りました。目の前に平屋の低いバラック小屋が規則的に並んでいるのがぼんやりと見えてきました。そこが目的地であることはすぐに想像できました。ノイシュタット＝グレーヴェ収容所。ここがわたしたちの囚人としての「経歴」上の次のドイツの収容所でした。敷地はもちろん有刺鉄線によって囲まれていました。到着した時には収容所に人気がないように感じましたが、それは囚人たちが収容所外に労働に出ていたからでした。わたしたちはバラックに押し込まれました。中は一分の隙間もないほど人であふれていました。寝棚もなければ、毛布もなく、わたしたちは板張りの床の上にぴったりと体をくっつけて横になりました。悪夢の始まりでした。誰かが体の位置を変えようとすると、隣にいる者たちも一斉に体を動かさなければなりません。誰もが限界まで体力を消耗し、疲れ果てていました。仲間どうしの口げんかが始まり、それがつつき合いに転じ、さらに殴り合いに発展しました。死の行進と石炭運搬車の中で培われ、決してひび割れることはないと思われていたわたしたち仲間の結束に亀裂が入り、ついに破裂しました。ゾーシャとマリルカが激突したのです。ゾーシャはわたしたちの仲間から離れました。彼女との交流が復活したのは戦後数年たってからのことです。

ノイシュタット＝グレーヴェの女性囚人は、大部分がワルシャワ蜂起敗北後の一九四四年晩秋に収容されたポーランド人でした。彼女たちは収容所の近くにある工場で、飛行機の翼を製造する労働に当たらされていました。

収容所の個々のバラックには独立した便所がありました。ところが新しい囚人集団を受け入れたことで満杯になって汚物が廊下にまであふれ出し、そのために閉鎖になりました。そこですでにわたしたちにはお馴染みの、原始的な便所用の穴が掘られました。一九四五年のいまだ厳しい寒さが続いている時でした。

正午に配られたまだ温かいスープに味はなく、薄いカブの切れ端が数枚入っていました。塩味はまったくなく、わたしはこのスープを口にすると吐き気に苦しめられました。飲み込むことができなかったのです。この様子に気づいた仲間たちは、我慢して、せめて二口、三口を飲みこむようにと説得してくれました。ところが飢えてはいるのに飲み込むことができないのです。せめて少しでも塩を入れたら、吐き気を抑えることができるだろうとわたしは仲間に言いました。塩だけがわたしの助け舟のように思えたのです。「組織化」能力の発揮者として不可欠だったのは、例のごとくマリルカでした。

ビルケナウで**シュトゥボーヴァ**（部屋当番）をしていたマリルカはある時、わたしたち音楽隊コマンドのために収容所厨房《ちゅうぼう》から一桶のマーマレードを持ってきたことがありました。そしてそれをメンバーに分配していた時、彼女は桶の底に金の指輪を発見したのです。そして今、彼女はしまっておいたその指輪を取り出し、ノイシュタット＝グレーヴェ収容所の厨房で一《ひと》塊《かたまり》のパンと交換し、わたしたちグループの七人で分け合いました。わたしはそのパンを食べずに「組織者」のかけがえのない手にゆだねました。「組織者」はそのパンをピンク色をした家畜用の塩が入った小さな瓶と交換してくれました。確実に迫っていた餓死からわたしを救ってくれたのがこの塩でした。わたしはその塩を大事に使い、ここでのスープ嫌いに打ち克つことができました。小瓶は記念に今も保管しています。

収容所では飢餓が原因で地獄のようなシーンが起こりました。昼時、バラックにスープの大鍋が運ばれてくると、わたしたちはバラックを閉めきり、中で待機しました。当番が運んできた大鍋が極限まで飢餓状態にある囚人たちによって襲撃されるのを避けるためです。そんな襲撃を受けて、貴重なスープがひっくり返されたことがあったのです。このスープの他に一日の食事として与えられたのは一切れのパンです。ヴィーシャはグループに与えられた一キログラムのパンを公平に切り分けました。最初は十人で分けていましたが、やがて十五人で分け合うようになりました。

ますます増大する飢餓、チフスの再流行、衰弱、生存環境の貧困、それらが日々わたしたちから余力を奪っていきました。力を鼓舞してくれたのは、すでにドイツ本土内で続いている前線接近を示す音だけでした。ドイツ敗北が間近であることが、生きのびようとする気持ちを強くしてくれました。

収容所の外に出る労働隊に入ることができたのはせいぜい三百から四百人でしたが、まだ何とか体力を保っている女性たちは全員がその労働にありつこうとしました。そうするためには、まさに地獄のような状況に巻き込まれる危険がありました。ドイツ兵が労働隊を並ばせ、人数を数える度にその隊列に加わろうとじっとそばで見ていた他の大勢の囚人たちが労働隊に押し寄せたのです。親衛隊員たちは大声を上げて彼女たちを殴り、最悪の場合は厳寒の中、ホースから水を浴びせて追い散らしました。労働隊はようやく出発しました。アウッセンと呼ばれた収容所敷地外での労働を得ようとする戦いの原因は、その労働に出ると余分に〇・五リットルのスープをもらえると思ったからであり、途中、あるいは仕事中にたまたま畑に残っていた西洋ワサビ、ジャガイモ、カブ、あるいは少し大きくなった西洋ノコギリソウの葉などを手に入れられると期待したからです。

わたしたちが雇われたのは、貨車からドイツ住民用ジャガイモを荷下ろしする作業、あるいは森の中に備蓄しておいた燃料と爆弾を芝生でカムフラージュするために溝を掘る作業でした。当時、わたしたちを監視していたのは年配のドイツ兵、あるいはティーンエージャーの少年兵でした。年老いたドイツ兵とは正反対に、少年兵は戦争の終わりが目に見えているにも関わらずドイツの敗北を認めることなく、わたしたちがテンポよく働くことをあくまでも強制しました。

# 「監視兵がいない！」

ある日の昼時、わたしたちは閉めきったバラックの中で届けられるはずの昼食を待っていました。ところが待てど暮らせど昼食は来ず、しびれを切らしてしまいました。その上、収容所特有の騒々しさがなく、静かなのです。いつもとは違う状況に興味をそそられ、常に積極的な行動に出るヴィーシャたちが情報を得るためにバラックの外に出ることになりました。まずは窓を開け、窓を覆っている有刺鉄線をどける等々、ヴィーシャが具体的な手順を示しました。最初の一人が出て外側から閉じられているバラックの戸を開ける。それらの手順が実行され、ヴィーシャが情報を得て戻ってきました。「監視兵がいない！」と言うのです。

わたしたちは全員がバラックの外に飛び出しました。すでに収容所のほとんどの囚人たちが出ていました。親衛隊員の姿はまったくありません。食料倉庫に押し入った囚人たちが騒動を起こしています。「自己解放」に遅れを取ったわたしたちは、食べ物を手に入れることはできませんでした。しかも倉庫に保管されていた食料の多くは、跡形もないほどにずたずたに踏みつぶされていました。何か月も、何年も前から飢餓に苦しんできた囚人たちのこの破壊的な群れを制することは無理でした。自由を手に入れた最初の瞬間に犠牲者も出ました。自分の体内の状態に配慮せずに、缶詰のような高カロリー食品をむさぼるように口に入れた者たちがいたのです。それは自殺行為でした。疲弊した消化器官は高カロリー食品を受け入れることができずに下痢を起こし、彼女たちは苦しみもがきながら死んでいきました。囚人に引き渡されることのなかった赤十字からの備蓄品が倉庫に残っていたことについて、わたしたちが得たのは実物ではなく情報だけでしたが、他の多くの囚人は収容所の機能が終わりを迎える時になって、魚や肉の缶詰、コンデンスミルク、袋詰めの穀物と砂糖と塩、その他の備蓄品によって助けられました。

待ち焦がれていたその時が来たことが信じられませんでした。わたしたちは収容所の正面入り口にいってみました。自由の告知者はアメリカの二人の黒人兵で、一九四五年五月二日十五時、彼らはジープでノイシュタット＝グレーヴェ収容所の敷地に入って来ました。囚人たちの混乱と略奪の光景を目にしたからでしょうか、二人のアメリカ兵は車から降りることなく、まもなくロシア兵がやって来て収容所領域を取り囲むことを簡潔に告げただけでした。ロシア兵がやって来るとの情報はほとんど予想外で、わたしはぎょっとしました。抑えようもなくロシア兵が怖かったのです！

わたしは自分の人生の根元にあるジレンマの前に立ちました。この先、どうしたらいいものか？　アーリア系の人間が住む西側に向かおうか、それとも解放されたポーランドへと向かおうか？　しかしそのポーランドはこれから先、自分たちの「解放者」と縁を切ることはないし、「わたしの」ルヴフを含んだ東の地を失うことになるのです。

長兄ヤネクの消息は不明でした。イギリスにいる次兄のボレクは必ずや赤十字を通じてわたしを探し出してくれるでしょう。もしヤネクが生きているなら、どんな状況下であっても祖国に戻ろう。わたしは期待を込めて心の中でそうつぶやきました。しかし、ポーランドに戻るにしても、ルヴフを失ったポーランドの一体どこに戻ればいいのでしょうか？

西側の地に向かおうとしている女性はいないかと、わたしは周囲を見回しました。誰一人としていません。自分の迷いをヴィーシャに打ち明けました。ヴィーシャは例のごとくきっぱりと宣言しました。「あなたをわたしの家族のところへ連れていく！」わたしはその言葉に、ビルケナウで最初に出会った時からの彼女の温かい理解と配慮を感じ取りました。わたしはもう迷うことをやめました。ヴィーシャはしょっちゅう家族のことを話してくれましたから、彼女の家族のことはよく知っています。「あなたをわたしの家族のところへ連れていく」とは、もてなしたり助けたり支えるだけではなく、わたしを本当に自分の家族の中に受け入れることを意味していると感じました。そして実際、彼女の家族のところで出会った思いやりと愛は、わたしの最も大胆な予想を超えていました。戦争はわたしから愛していた全ての物と全ての人を次々に奪い取っていきましたが、戦後はヴィーシャ一家がわたしの新しい家族になりました。その新しい家族の出発点は、信じられないことに、アウシュヴィッツ＝ビルケナウであり、もっと詳しく言えば「オシフィエンチムのぬかるみ」の中で生まれた友情でした。「オシフィエンチムのぬかるみ」とは、第二回目のわたしたちの解放記念日にヴィーシャが書いた詩に由来しています。

さしあたってわたしたちのグループはよりましな寝場所を探し、女性親衛隊員が使っていたブロックを占領しました。わたしは何のためらいもなく女性親衛隊員の制服だったスカートとブラウスを身につけ、見つけ出したパンプスは大き過ぎたけれど、結局それも自分の物にしました。夕方近く、アメリカ兵の予告通りにロシア兵がやって来ました。しかし、ロシア兵は長く滞在することはありませんでした。

わたしたちの空っぽの胃は次第に激しく食べ物を要求しました。収容所の厨房《ちゆうぼう》や食料庫では、押し入った者どうしが相変わらず取っ組み合いを続けていました。わたしたちは食料を求め、近くにある飛行機の翼を作る工場団地に向かいました。団地には持ち主が去った一家族用の住宅が並んでいました。ドイツ人住民は、勝利を収めたソ連軍の前からパニック状態になって逃げていったのです。一九三九年八月二十三日の協定（＊独ソ不可侵条約）でポーランドを引き裂こうとソ連をそそのかしたのは、ほかならぬナチス・ドイツでした。そしてやがてドイツはその同じソ連に敗北を喫しました。今、勝ち誇ったソ連はゲルマン人固有の領域に侵入し、女性に暴行を加え、一般市民を殺害し、略奪と放火を繰り返し、進軍の途中で見つけた品物全てを強奪しています。この先どんな状況になるのか、わたしはすでに知っていました。赤軍によって「ブルジョア・ポーランド」の抑圧から「解放された」時のわたしのルヴフをよく覚えているからです。ドイツ人を待ち受けていることに思いを馳せました。同情はしないけれど、嬉しくもありませんでした。ドイツ人はリッベントロップ＝モロトフ協定（＊一九三九年九月二十八日に独ソ間で結ばれた勢力圏協定）に署名したことでパンドラの箱を開けたのです。悲劇の戦争は終わり、ヨーロッパに「新しい秩序」が生まれました。しかしその新生ヨーロッパの中にあるポーランドは、ルヴフを失ったみかけのポーランドです。わたしはどう生きていったらよいのでしょうか？　わかりません！

ドイツ人の去った団地の住宅には、食料以外の全てが残っていました。しかし、わずかなジャガイモ以外、食べ物は皆無。空腹を抱えたわたしたちは失望したものの、先見の明あって携帯していたナイフで途中の道路に倒れていた馬の死体の一部を切り取りました。収容所に戻ると、わたしたちは早速ジャガイモと馬肉を煮て食べました。自由を得た最初の夜でした。自由の喜びに浸りながらも、わたしたちはいつ現れるか知れないソ連兵に対する注意を本能的に怠りませんでした。寝室のドアの前に戸棚や他の家具でバリケードを築きました。ルヴフで逮捕されて以来、つまり一九四三年一月十九日以来、わたしは初めてベッドの上で体を伸ばしました。わたしたちはさらに数日、ノイシュタット＝グレーヴェ収容所内に留まりました。

## ポーランドへ

わたしたち七人のグループ――ヤンカ・カリチンスカ、ヤンカ・ソスノフスカ、ヤンカ・パルモフスカ、マリルカ・ランゲンフェルト、イルカ・ヴァラシュチク、ヴィーシャ・ザトルスカ、そしてわたしはポーランドに向かって出発しました。

わたし以外の全員は家族のもとに戻ります。わたしは相変わらず思い悩んでいました。これまで東マーウォポルスカ地方（＊旧ポーランド領）に住んでいた親戚たちは今、ポーランドのどこかに新しい居住地を探していることでしょう。そんな彼らをどうやって見つけ出そうか、そんなことを繰り返し、繰り返し考えていました。たった一人で新しい「自由」な人生にどう対処したらよいものか。戦争勃発までわたしは最年少者として家族全員の庇護を受け、両親の意思に従って育ってきました。すでに二十九歳になった今、遅まきながら自分の将来を自分で決断する時が来たのです。しかもその困難な挑戦を前に、ひとりぼっちになっていました。

自由を得た喜び、そして恐怖が混在していました。わたしたち七人が無事に赤軍支配域を通り抜けることができるのかという恐怖です。可能な限り急ぎ、安全なルートを選んで進むことにしました。

しかし、わたしたちの体は予想以上に弱っていました。デーレンスラドゥング村の森の近くに立つ一軒のドイツ人の空き家に辿《たど》り着きました。キッチンと浴室の他に数部屋からなる小さいけれど素敵で清潔な家でした。家畜小屋には一頭の豚が残されていました。魅力的なこの家をわたしたちは森の小屋と名づけ、体力を取り戻すためにここに数泊することにしました。清潔な寝具のベッドとソファーを自分たちの寝場所にしました。窓と戸口にはバリケードを築き、勝利に酔いしれた赤軍兵士が解放後初の夜を「楽しいものにしよう」と押し入ってこないように気をつけました。

ところがあれほど恐れた訪問者がやって来ました。夜、ロシア人たちが訪れたのです。驚いたことに調理した骨付き肉、そしてもちろんアルコールも手にしていました。戦争が終わったので「ナーダ　グリャーチ（楽しまなくちゃ）」と彼らは言いました。その真意を知るためには、ロシア語の知識なんか必要ありません。その夜は何とか彼らと距離を置くことができました。長い収容所生活で体が衰弱していると説明して酒宴を断り、分かってもらったのです。彼らが何とか理解を示したことに、わたしたちはほっと胸をなでおろしました。

翌日、わたしたちグループは料理、掃除、洗濯、豚の世話の家事を分担しました。仲間のためにわたしができることは縫い物でした。タンスの中に白い繻子《しゅす》のウエディングドレスを見つけ、ためらうことなくそれでブラジャーを作ることにしました。いつか、ビルケナウ女性音楽隊でバイオリンを弾いていたギリシャ出身ユダヤ人に、簡単にブラジャーを作る方法を教えてもらったことがあります。収容所で習得したその技術を実際に活用する時が来たのです。仕上がりは悪くなく、グループ全員のブラジャーが次第に豊富になっていきました。シラミとの戦いにおいても、日々下着や衣服の中にいる獲物を追跡することで勝利が見えてきました。

ヴィーシャには非常に重要な任務が課せられました。さらなるポーランドへの帰国ルートを練り上げる任務です。森の家で適当な地図を見つけました。ヴィーシャは数キロメートルの遠回りをして、爆撃を受け、破壊されたベルリンを見ようと提案し、全員が喜んでその提案に賛成しました。

夕方、イワンと名乗る一人のロシア人がやって来ました。非常に驚いたことに、彼はわたしたちのボディーガード役を引き受けると言うのです。自分の「タバーリシチュ（仲間）」からわたしたちを守ると言うのです。背が高く、ハンサムで、真の教養人のイワンは数日の間、夜ごとわたしたちの番人になってくれました。たったひとつの条件は、わたしたちの一人と夜に会話を交わすことでした。その任務にはヤンカ・カリチンスカが当たりました。しかしイワンにとって安らかな夜はありませんでした。彼の仲間たちが彼に執拗《しつよう》に「ハーレム」の様子を問いただしたからです。ある日、イワンはわたしたちに告げました。彼の仲間たちとの「グリャーチ（楽しむこと）」を避けるには出発を急ぐしかない、と。

出発を前にわたしたちの滞在先に、ミッテルバウ＝ドーラ収容所（＊ドイツ軍がv1ロケットやv2ロケットの開発をしていた強制収容所）から解放された数人の若いポーランド人男性が辿り着きました。より安全を期すために、わたしたちは彼らと一緒にポーランドに向かうことにしました。彼らの一人はかつて屠殺《とさつ》を仕事としていて、森の家でわたしたちが世話をした豚は道中の食料に変わりました。

出発前にもうひとつ事件が起きました。わたしたちがちょっと留守をした間に、近くに住む高齢のドイツ人女性が森の家に忍び込み、道中のために準備したローストポークの大きな塊を盗んでいったのです。しかし、出発直前にマリルカがその損害分を帳消しにしました。お別れだけはしようとマリルカはドイツ人のおばあさんの家に挨拶にいきました。おばあさんは留守でした。さらにうかつにも、今度はおばあさんがドアに鍵をかけ忘れていました。台所のかまどにはスープの大鍋がのっていて、中には鳥肉が入っていました。何とそのスープが丸ごとわたしたちの荷馬車に移動したのです。馬車を引く雌馬は、わたしたちのボディーガード役を務めてくれたイワンからのプレゼントでした。

途中、ベルリンに「立ち寄る」計画は実現には到りませんでした。ソ連軍の見張り所で、痛ましい状況下にあるドイツの首都を見ることを無情にも止められたのです。ドイツ人に下された罰の光景が、わたしに同情心を呼び起こすことはありませんでした。今、彼らが不幸に見舞われているのは、彼らが引き起こした全面戦争の論理的帰結であると思っていました。数日間滞在した森の家を去る時、わたしたちは最小限必要な品物を略奪しました。羽根布団、鍋、そしてそれらの物を積み込む荷車。銀のナイフやフォークを頂戴するかどうかでわたしたちはもめました。ヴィーシャは「略奪品をいただくこと」に猛烈に反対しました。しかしグループの一人は、わたしたちの手に銀のスプーンとナイフとフォークをひとつずつ押し込みました。今、わたしの家のキッチンの戸棚にはビルケナウのスプーンの隣にこの「戦利品」が並んでいます。

そうしているうちに季節は美しい五月を迎えました。わたしたちは用意した食料が乏しくなっていくことを心配しながら、ポーランドを目指して一日中進みました。帰国ルートの途中の地域に生まれたソ連の占領行政機関がパンを補給してくれるだろうとの幼稚な期待は、もろくも崩れ去りました。その一方でロシア兵の訪問を毎晩のように恐れたのは言うまでもありません。その種の脅威に対して安全を保障してくれる決まりごとはなく、小さな村や町にも、道路わきの空き家や納屋にも隠れるところはありませんでした。ロシア兵はいつでも、どこにでも現れる可能性があり、出会ったが最後、結果は悲劇に終わることが少なくなかったのです。女性の場合は何度も強姦された例がたくさんありました。

ある夜、わたしたちは道路わきの大きな納屋に泊まりました。女性七人は納屋の上部にある干し草置き場に横になり、ドーラ収容所から解放された男性たちはわたしたち女性の見張りのために下で寝ました。しかし、その計算は外れました。夜中、ロシア兵が侵入してきたのです。目が覚めた時、兵士たちはすでに上に来ていました。わたしたちの目に懐中電灯の光を当て、目的遂行のために近づいてきました。わたしたちは必死で抵抗しました。ところが抵抗をものともせずに一人のロシア兵がわたしに近づいてきました。わたしはがたがたと震えながら目のところまで羽根布団をかぶり、一心に祈りの言葉をつぶやきました。「マリア様、お守りください……」わたしの苦境に気づいたイルカが繰り返し兵士に懇願しました。「それはわたしのドーチカ（娘）です。そっとしておいてください」と。兵士は突然立ち上がり、黙って出ていきました。まさに奇跡が起こったのです。わたしは今でもずっとマリア様に感謝しています。

ドーラ収容所帰りの仲間たちがちっとも頼りにならなかったことに、わたしたちは何の恨みも持っていません。彼らの体力は落ちていて、たとえロシア人に立ち向かったとしても状況はかえって悪くなっていたことでしょう。

戦争に勝利した赤軍兵士とはそんな人たちでした。タチャンカという機関銃を乗せた軽四輪車に乗り込み、赤旗を翻し、アルコールで酩酊《めいてい》状態にある中、大声で「モスクワは……」と歌っていました。

デーレンスラドゥング村でわたしたちを守ってくれたあのイワンのような人間は、残念ながら少数でした。またある時、村の真ん中にあった空き家に泊まりました。眠っていると突然、数人のロシア兵が入って来ました。その時、ヴィーシャは自らの危険を顧みずにそっと抜け出し、あっけにとられているロシア兵を尻目にすぐに将校を連れてきました。将校はロシア兵たちにこの女性たちに手を出すな、と即座に命令しました。

オドラ川が近くなるにつれ、ますます頻繁に軍のパトロール隊に出あうようになりました。パトロール隊はわたしたちに国境通過地点に向かうように命じ、クシシュ（現在のクシシュ・ヴィエルコポルスキ）の手前の鉄道待避線で一時的な労働を強制されました。それは発車準備中の貨車にいろいろな品物を積み込む作業でした。巻いた針金の束、ロープ、機械の部品、ブリキ管、工場備品の一部、何かが詰め込まれた袋。もちろん全ては東に運ばれる品物です。ドーラ収容所からの若いポーランド人たちは、何か役に立ちそうな物を失敬するようにとわたしたちに進言しました。胡椒《こしょう》の入った袋が目に付き、女性グループはその胡椒を少々失敬しました。一方、彼ら男性グループの戦利品タバコは非常に役立つこととなりました。三日後、そのタバコと引き換えにわたしたち全員が強制労働から解放されたのです。わたしたちは鉄道駅に辿り着き、数時間後に包みやトランクで満杯の無蓋貨車に苦労してよじ登りました。この命がけの貨物車両への乗車直前に、女性グループはドーラの男性グループと別れました。貨車での旅は悪夢のような道中でした。暗闇にまぎれて貨物の山に這《は》い上がり、略奪する者たちがいたのです。わたしたちは一晩中、自分たちの粗末な財産を守りました。

朝方、ポズナニに到着しました。ヤンカ・カリチンスカが自分の家族のところに招待してくれました。わたしたちは久しぶりに正常な人間的環境の中で入浴し、眠りました。朝、真っ先に向かったのは教会です。ポズナニ教区教会に入ると、わたしは「命を救ってくださり、ありがとうございました」と神に感謝の言葉を伝えました。最後にルヴフの教会に行ったのが一九四三年一月十七日の日曜日でしたから、およそ二年半ぶりのことでした。

ポズナニで七人は散り散りになりました。カリチンスカはすでに自宅にいましたし、ソスノフスカとパルモフスカはカトヴィツェへ、イルカ・ヴァラシュチクはウッチへ向かいました。夕方、ヴィーシャ、マリルカ、わたしの三人はクラクフ行きの列車に乗りこみました。ものすごい混雑でしたが、幸い座席を得ることができました。途中駅でも次々に乗客が乗り込んできました。

車内でわたしたちは、この一日に味わった感情の激しい起伏によって腹痛に襲われました。しかし、トイレにいき着くなんて、端《はな》から無理な話でした。わたしは持参していたあのビルケナウでヴィーシャがわたしのために「組織化」してくれた、美しいエナメル塗りのお椀を提供しました。その中身を窓から捨てた時です。大きな叫び声が上がりました。何と、汚物を放った窓のすぐ下の外階段に立ったままで旅をしている乗客がいたのです。戦後初期は筆舌に尽くしがたい環境の中で人々が移動する時代でした。二十時間以上もの旅の末、わたしたちはクラクフに着きました。

## クラクフのルヴフ娘

一九四五年五月二十九日、夜の帳《とばり》が下りようとする頃にわたしたちはクラクフ駅に到着しました。クラクフには、まるで無人化した街のように人の姿がありませんでした。そんな街を抜け、ヴィーシャはわたしとマリルカを自宅の方向へと導きました。通行人がいないことを暗い夜のせいにし、大して気にかけませんでした。その時でした。突然、わたしたちの前に軍のパトロール隊員が立ちはだかりました。なぜ身分証明書を持っていないのか、わたしたちはその理由を懸命に説明しました。しかしパトロール隊員は耳を貸さず、わたしたちは中央広場のとある建物に連行されました。その建物とは、後でわかったのですが、ポト・バラナミ館（*中世の時代、ここは飲食店だった。その後、国王や貴族の所有する館となり、第二次世界大戦中はナチス・ドイツがここにクラクフ管区の本部をおき、クラクフ解放後はしばらくソ連軍の司令部として使われた。今はクラクフ市民の文化活動の場となっている）でした。拘束理由を記録しているロシア人将校からポーランド人将校の通訳を介して知ったのは、わたしたちが外出禁止時間中に歩いていたこと、身分が証明されるまで拘束されることでした。こうしてクラクフでの第一夜、わたしたちはポト・バラナミ館の屋根のない中庭で過ごす羽目になりました。朝、二人の武装兵に伴われ、今度はステファン・バトーリ通りの警察派出所に連れていかれました。そこでもまたわたしたちは身分証明書不携帯の理由を説明しました。しかし、疑いは晴れませんでした。わたしはルヴフ出身であることを隠し、思いつくままに出生地はヤヌフであると告げました。「ソ連領リボフ」に強制追放されることを恐れたからです。ソ連領になったルヴフに強制的に戻されることはないとの確信を得るまで、その後もわたしはでっち上げたヤヌフを自分の出生地として使用し続けました。

　わたしたちは再びポト・バラナミ館に戻されることになりました。今度は見張り兵は一人だけになり、彼は路面電車に乗るようにと命じました。ヴィーシャだけは自宅に帰ることが許され、わたしとマリルカはその見張り兵に伴われて電車で中央広場に向かいました。ポト・バラナミ館の近くまで来た時です。偶然にもあの通訳のポーランド人将校に出会い、彼が救い主になってくれました。わたしとマリルカは将校に派出所での事情聴取について説明しました。すると将校は見張り兵に向かってわたしたちを解放するようにと命じたのです。兵士は素直にしたがいました。

途中で何度も道を聞きながら、わたしとマリルカは比較的早くスウォネチナ通り（現ボレスワフ・プルス通り）のヴィーシャの家に辿《たど》り着きました。ヴィーシャはまだ帰り着いていませんでした。彼女の母親はわたしたちに不信感を抱き、娘の元気な姿を目にするまでは何も信じられないと言いました。これまで娘を必死になって探してきた両親は何度も欺《あざむ》かれ、利用されてきたのです。しばらくの後、ヴィーシャが現れました。彼女と両親の再会のシーンほど感動的なものはありませんでした。

電車の前で別れたヴィーシャは、予期せぬ苦境に直面したわたしとマリルカを救うためにその足で中央民生評議会に向かったのでした。なにがしかの証明書を手にしてポト・バラナミ館に戻ってみると、わたしたち二人はもういませんでした。心配しながらも、とりあえず自宅に戻ったところで先に到着していたわたしたちと出会ったというわけです。ヴィーシャは心を込

ヴィーシャ・ザトルスカの家族（ヴィーシャはこの中にいない）

めて両親を抱擁し、それに勝るとも劣らぬ心を込めてビルケナウの友を抱きしめてくれました。わたしとヴィーシャはその日のうちに故郷のザグシュ（＊スロヴァキアとウクライナの国境に近いポーランド南東部の町）に向かうマリルカを駅まで見送りました。そしてわたしはザトルスカ一家のもとで、クラクフのルヴフ娘としての生活を始めたのです。

幸運にもヴィーシャは強制収容所から戻ってきましたが、戦争はザトルスカ一家にむごい傷跡を残しました。すでに述べたように、アウシュヴィッツ収容所とグロス＝ローゼン収容所でヴィーシャの三人の兄弟が殺害されたのです。まだ十七歳だったユゼフはアウシュヴィッツ収容所ブロックⅡの死の壁の前で銃殺されました。スタニスワフの死の詳細はわかっていません。タデウシュはアウシュヴィッツに短い間収容された後、グロス＝ローゼンに移送され、そこのいわゆる飢餓ブロックで間もなく亡くなりました。

わたしがフランチシュカ・ザトルスカとテオドル・ザトルスキ夫妻の家に住むようになった時、彼らのもとにはまだ四番目の息子ヴワディスワフ、そしてヴィーシャの二人の妹、マリアとヤニナがいました。みんなはわたしを新しい家族の一員として迎え入れ、温かく接してくれました。今でもこの不屈の精神を持った一家の愛国主義と信心深さ、そしてどんな人にも手を差し伸べる優しさに称賛の念を禁じ得ません。社会的地位が高いわけでも、物質的に恵まれていたわけでもありません。ヴィーシャは収容所にいる時から他人に手を貸す名人でした。どうしてそんな人間になることができたのでしょう。それは立派な両親の教えであったことがよく分かりました。

戦争が始まった時、ヴィーシャは三人の兄弟同様に地下活動の積極的メンバーとなり、ZWZ（＊一九三九年十一月に結成されたポーランドの軍事抵抗組織「武装闘争同盟」の略。後に「国内軍」となった）および国内軍の支部で連絡員として活動しました。

クラクフに帰ったヴィーシャは、地下活動時代の知人の計らいで街の区役所に臨時職員として雇われました。幼稚園教師に戻らなかったのは、養育―教育に関わる全システムが共産主義イデオロギーに従うことになることが分かっていたからです。

わたしはヴィーシャの知り合いの写真屋で、写真のカットをして最初のお金を稼ぎました。しかし、自立できる仕事を探さなければなりません。今は自力で自分の運命を切り開かなければなりませんでした。複数の分野で教育を受けたのですから、どれかを選ばなければなりません。かつて父に押し付けられた一般教養教育に従事する仕事は問題外でした。残ったのは音楽です。

どこかの交響楽団に入ることを考えました。しかし、クラクフ交響楽団の門をたたく勇気はありませんでした。五年にわたる戦争によってわたしの演奏技術は多くの点で不完全になっていたからです。どこか地方で腕を磨くことにしました。ところが、わたしはバイオリンを持っ

楽譜紙型作業室におけるポーランド音楽出版所所長のタデウシュ・オフレフスキとヘレナ（クラクフ、1950年）

ていませんでした。

わたしの人生に再び稀有《けう》の偶然が訪れました！　クラクフの街を歩き回っていた時です。バシトヴァ通りの玄関口のひとつで「音楽家労働組合」と書かれた表札を目にし、そこに入って就職先がないかどうかを聞いてみることにしました。事務所に足を踏み入れると、まずは掲示板が目に飛び込んできました。何と、そのひとつにT・オフレフスキの署名を見つけ、わたしの体にビビッと電気が走りました。ビルケナウでわたしは長兄のヤネクから数通の手紙を受け取りましたが、彼がワルシャワで逮捕された後に書いた最後の手紙にはまさにT・オフレフスキの署名があったのです。わたしはただちに「ポーランド音楽出版所」所長のオフレフスキの事務所に向かいました。彼の名前は戦争前から『音楽運動』、『ムジカ』、『音楽季刊誌』などの雑誌でよく知っていました。彼は有名なバイオリニストであり、ワルシャワ弦楽四重奏団のメンバーであり、ポーランドにおけるＯＲＭＵＺＵ（音楽運動機関）の活動家でした。兄ヤネクがナチス・ドイツによって逮捕されたことを暗号文で知らせる手紙にオフレフスキの署名があったということは、兄とオフレフスキはワルシャワで良き知り合いだったことの証拠でした。兄はすでにポーランドに戻っているのか、いないのか、何らかの情報を得ることができるとわたしは大きな期待を抱きました。

戦争直後からわたしはヤネクを探し続けていました。オフレフスキは残念ながらその後の兄の運命については何も知りませんでした。ただし、あちこちの音楽家仲間に問い合わせてみると約束してくれました。オフレフスキはわたしの運命にも関心を寄せ、仕事はあるのかと尋ねました。わたしの否定的な返事に対して彼は即座に提案しました。自身が運営している機関のひとつで譜面を写す仕事をしないかと。まさに天啓、神の御意志がわたしをここに導いて下さったのです！　わたしはＰＷＭ（ポーランド音楽出版所）で働き始めました。所長オフレフスキの仕事に対する情熱は並外れていました。そんな上司のもとで働くのは本当に幸せなことで、写譜係としてスタートしたわたしはやがて秘書となり、組織の発展とともに譜面および書籍印刷部門の主任となり、後には音楽教育出版物の編集次長になりました。定年を迎えたのは一九七五年のことです。

タデウシュ・オフレフスキはわたしにとって人間の鑑《かがみ》でした。彼は行動の人で、音楽文化活動に人生を捧げていました。音楽を愛する芸術家であるだけではなく、音楽普及の必要性を実践的に考え、戦後ポーランドに最初の本格的な音楽出版所を作った人でもありました。オフレフスキの関心の領域は脚本、絵画、グラフィック、詩、演劇にもおよび、それらを出版の仕事に含めようと試みました。ここで強調したいのは彼の高い士気、見解の揺るぎなさ、人に対する信頼感、社会活動家としての感覚です。わたしを助けてくれたように、多くの生活困窮者に手を差し伸べていました。当時の共産主義権力との闘いにおいては自分の考えを述べることを恐れず、決してくじけることはありませんでした。自ら運営する出版所を高い水準へと導き、国内外から高い評価を得ました。わたしにとって出版所での仕事はルヴフで教育学を学んでいた学生の頃から抱いていた夢の成就となりました。かつて、近代教育の趨勢《すうせい》をテーマにした講義を聞きながら、新時代の教科書を作る出版所で働きたいと思っていたのです。ＰＷＭでわたしはまさにバイオリンおよび他の楽器の演奏用教科書の作成に当たりました。オフレフスキの仕事に対する情熱がわたしにも伝染し、わたしはいつも情熱をこめて働きました。元囚人を苦しめる収容所シンドロームからわたしが救われたのは職場にそんな雰囲気があったからに他なりません。

しかし、クラクフで迎えた初期の戦後生活は生易しいものではありませんでした。生きていくには写譜の仕事だけでは足りず、バシトヴァ通りにある国立児童音楽学校のバイオリン教師に雇ってもらおうと骨折りました。しかし、自分の住まいを持っていないことがネックになりました。当時の校長は生徒数が大幅に増加したことで喜んで教師を雇ったのですが、それは自宅でレッスンできる者に限られていました。学校には十分なレッスン室がなかったからです。その頃、わたしはビルケナウの元囚人ゾーシャ・マウィス（かつて音楽隊の写譜係だったカジミェラ・マウィスの妹）の家に居候《いそうろう》していました。そこは以前に居候していた家より一家の人数は少なかったものの、やがてゾーシャの夫が囚われの身から戻って来て、レッスンできるような状況にはありませんでした。戦災を免れたクラクフは人口過多になっていました。又貸しの部屋を見つけることさえ難しかったのです。そんな困難を打開するためにわたしはクラクフを出て、バルト海沿岸の街ソポトに住まいを探すことにしました。

掘り出し物のバイオリンを買うことができたのはそんな時でした。赤十字を介してイギリスの次兄ボレクの住所を知り、そのボレクから売ってお金にするようにと、トレンチコートが送られてきました。その代金がバイオリン購入資金になりました。さらに次の偶然が重なりました。アウシュヴィッツ男性音楽隊のピアニストで指揮者のアダム・コプィチンスキが、オフレフスキ所長に会う用事で出版所に現れたのです。コプィチンスキはPWMで働いているわたしを見て喜び、バイオリンは持っているかと尋ねました。そして自分のアウシュヴィッツ仲間、フランチシェク・ニェリフウォから格安の値段で買うのがいいとすすめてくれました。バイオリンは工場製ではありましたが、良い銘柄の品物でした。

ついにバイオリンを手に入れ、わたしは当時誕生したバルチック交響楽団に雇われました。ソポトの方がクラクフよりも早く自分の住まいを持つことができると考えたのです。ところがその期待はもろくも崩れ、数か月後、わたしはまたクラクフのPWMに復帰し、又貸しの部屋を渡り歩くことになりました。

仕事がフリーの日はヴィーシャの案内でクラクフ市内外を散策し、クラクフの歴史と見事な

ヘレナ・ドゥニチ（ソポト、1947年）

遺産的建築物にすっかり魅了されました。こうしてウィーン生まれのルヴフ娘は、ソ連とドイツによる悪夢のような占領時代と収容所時代を体験した後、クラクフのルヴフ娘となりました。

＊

長兄ヤネクについての情報が何もないことに、わたしはずっと悩んでいました。戦争直後からあらゆる手を尽くして兄を探し、彼がポーランドに帰って来ることを期待していました。一九四七年五月、ポーランド赤十字からようやく知らせがありました。「一九一〇年五月三日、ルヴフに生まれたヤン・ドゥニチは一九四五年四月三日、ドーラ強制収容所にて死亡。彼の番号は119568」。

ドーラ！　わたしの脳裏にすぐに、ドイツから一緒に戻って来たドーラ収容所帰りのポーランド元囚人たちのやつれた姿が目に浮かびました。彼らが話してくれたのは巨大なトンネルをくりぬく殺人的労働のこと、下降線にあった第三帝国を救うためのロケットv2を組み立てる地下兵器工場での作業のこと、そして数週間続いた死の行進のことでした。愛する兄は間近に迫っていた解放まで生きながらえることはできませんでした。親衛隊駐屯部隊が見放したミッテルバウ＝ドーラ強制収容所にアメリカ兵が入ったのは一九四五年四月十一日のことです。

長年にわたり、わたしはヤネクの戦争時代と収容所時代の運命を明らかにしようと試みてきました。一九四五年からの十数年間、彼の戦争時代の経歴を組み立てようと情報を集めましたが、それでも明らかにできたのは断片的でした。兄の死から六十年を迎えた二〇〇五年、彼が戦争時代をいかに過ごしたかについての記事を季刊誌『ムジカ』に載せました(注21)。ワルシャワがドイツに占領された初期の数か月、ヤネクは「ワルシャワ歴史遺産目録作成中央事務所」の記録物を救出する活動に従事していました。生活の糧は、最初は街頭で本を売って得ていましたが、やがてスキェルニェヴィツェ近くのブディ・グラブスキェに住む医師ヴィトコフスキ博士の三人の子どもたちの家庭教師となり、物理と数学の教師だったゾフィア・ミズギェルと一緒に勉強を教えました。戦後、わたしはミズギェルとコンタクトを取ることができ、ヤネクに関する確かな情報を得ました。ヤネクは二年後にワルシャワに戻り、その頃の彼の生活についてはアドルフ・ヒビンスキ教授とヤニナ・ピェトラシェヴィチョーヴァが話してくれました。ヤネクはピェトラシェヴィチョーヴァの家に住まわせてもらい、その代わりに彼女の十歳の息子に勉強を教えていました。その間もずっと地下活動を続け、伝令係としてルヴフにも何回か来ています。

一九四四年四月十四日、ヤネクはホジャ通りの家で家主のピェトラシェヴィチョーヴァ博士とともに逮捕されました。幸いピェトラシェヴィチョーヴァは数日後に釈放され、家に戻ってみると、それまでヤネクが使っていた部屋は荒され、何よりも書類がぐちゃぐちゃにされていました。その後間もなく、彼女の家に再度ゲシュタポが現れ、ヤネクの書類は完全にばらばら

ヤドヴィガ（ヴィーシャ）・ザトルスカ（左）とゾフィア・ツィコーヴィャク（1954年）

にされてしまいました。さらにワルシャワ蜂起の時、家は炎に包まれ、残っていたヤネクの文書や音楽理論の分野での業績は全て灰と化しました。

ヤネクが逮捕され、グロス＝ローゼンに送られたことは彼の親友が手紙でビルケナウのわたしに知らせてくれました。ヤネクの親友たちは地下活動の隠語を使ってわたしに手紙を書き続けてくれました。逮捕の知らせは次のように表現されています。「ユゼク（ユゼクはユゼフの愛称で、わたしの兄の第二の名前）は病気だった。彼の女主人はもう元気になった。病気のためにユゼクは先週、保養所に出かけた」。この文面からわたしは兄が逮捕され、収容所に送られたことを即座に理解したのです。

グロス＝ローゼンのヤネクからは四通の手紙が来ました。最後の手紙はアウシュヴィッツ収容所の撤収の直前に届きました。手紙は厳しい検閲を受けていましたが、それでもヤネクが生きていることの証拠になりました！

戦争が終わって十数年が経った頃、わたしはヤネクの二人の囚人仲間と手紙のやり取りをすることができました。その一人はこう記してきました。「我々は夜中に徒歩で出発させられた。行先はv1、v2ロケットを製造しているドーラ収容所だった。死の行進は五週間から六週間も続き、我々は日にちの感覚を失った。出発時には千二百人いた囚人は極限まで消耗して、ドーラにたどり着いたのは四百二十人だった。ドーラでは夜に暖房のない浴室でグループに分けられた。ヤネクは病気になり、たぶん赤痢《せきり》、あるいは黄疸《おうだん》だったと思う。ともに死の行進を耐えてきたというのに。ヤネクは病棟に移され、そして二、三日後、死んだと知らされた」。もう一人の囚人仲間は一九七一年の手紙に、ヤネクが死んだのはドーラ収容所の十七号病棟であると書いてきました。一九四五年四月十一日、ドーラ収容所にアメリカ軍が入った時、そこには数百人の病人と死に瀕《ひん》した囚人がいました。残念なことにわたしの兄はこの瞬間まで持ちこたえることはできませんでした。

戦争が終わって数年後、わたしはヴィーシャとともにロゴジニッツァ、つまりかつてのグロス゠ローゼンを訪ね、ヴィーシャの兄が亡くなった場所、そしてヤネクが入っていた収容所監房に立ちました。一方、かつてのミッテルバウ゠ドーラ収容所の敷地と博物館をわたしが訪れたのは二〇〇七年になってからのことです。

ワルシャワから届いた手紙の中で、兄はドイツの検閲に縛られながらも心からわたしの健康状態を心配し、必要な物はないかと尋ねています。それからしばらくして真心のこもった食料品の小包が送られて来ました。グロス゠ローゼンからの兄の最後の手紙を、わたしは形見として今も大事に保管しています。

注21　Helena Dunicz Niwińska, *Jan Józef Dunicz(1910-1945)*,『Muzyka』, nr 2/2005, s. 121.

# アウシュヴィッツ後の生活

ヤネクが死んだという悲しい知らせは、わたしをひどく打ちのめしました。戦争はわたしから全ての家族を奪いました。父はソ連占領時代に亡くなり、母と長兄ヤン（＊ヤネクの正式名）はドイツの強制収容所で衰弱しきって死に、次兄のボレスワフ（＊ボレクの正式名）は戦争のせいで永久に国外、最初はイギリスで、その後はアメリカ合衆国で生活する身となりました。故郷の家、そして故郷の街ルヴフはもうわたしの手に戻ることはありません。最も身近な人々を悼む墓すらありません。

この苦痛に満ちた現実からの逃げ場になったのがタデウシュ・オフレフスキ所長が運営するＰＷＭ（ポーランド音楽出版所）での仕事でした。ＰＷＭは次第に高い評価を受け、戦争を生きのびた文化人の、蜂起で破壊されたワルシャワの、そしてわたしの場合のように東部地域を失った者たちの安全な船着き場となりました。わたしはそんな人々と運命を共有し、戦後の辛くて苦痛に満ちた時代を持ちこたえました。

忘れることのないアウシュヴィッツ＝ビルケナウ強制収容所撤収の日からおよそ十年が経った頃、わたしにそこを訪れる心の準備ができました。ヴィーシャと一緒でした。最初にビルケナウに行きました。今も残っている石造りバラックの間を歩き、何もない暗い建物の中を覗《のぞ》きこみました。あの**ヴィザ**（囚人たちが一日中出されていた空き地）には膝の丈まで草が生い茂っていました。有刺鉄線の近く、その向こうに忘れられない降車場が見えた音楽隊ブロックの建物。その建物は跡形もありませんでした。わたしとヴィーシャはゆっくりと廃墟と化したクレマトリウムへと向かい、その後でアウシュヴィッツ第一収容所へと進みました。「労働は自由をもたらす」と嘲笑的に書かれた門をくぐり、死の壁の前に立ちました。ヴィーシャの一番下の兄はここで殺されたのです。いたるところで痛い記憶がよみがえりました。わたしもヴィーシャも、最初の訪問によってこの場所に抱いていた体がすくむような恐怖の壁を打ち破ることができました。悪が支配したこの地を自分の意志で訪れることの何と難しいことか！　それなのにわたしはこれまでも、そして今も未知の力によってこの地へと引き寄せられます。もしかしたら、大勢の犠牲者と運命を共有したわたしの愛する母の遺灰が引き寄せているのかもしれません。あるいは、万一生きのびることができたら、決して忘れないでいよう、と誓った約束がここへとわたしを導くのかもしれません！

＊

収容所音楽隊メンバーだった何人かのユダヤ人を含めて、戦後に彼女たちとの付き合いを再開したことは、わたしたち全ての者にとって非常に重要な出来事でした。一番早く文通を始めることができたユダヤ人音楽隊メンバーは、わたしの収容所英語教師だったマルゴット・ヴェトロフツォーヴァです。しかし、残念ながら実際に会うことはできず、彼女は二〇〇七年にカルロヴィ・ヴァリで亡くなりました。そのことを伝えてくれたのは彼女の娘さんです。

オシフィエンチムの博物館の仲立ちで、わたしの電話番号がラヘラ・オレフスキに伝えられました。それは彼女が何らかの力によってイスラエルから引き寄せられ、ビルケナウに来ていた八〇年代のことです。ラヘラは夜遅くにクラクフのホテルからわたしに電話をしてきました。わたしはすぐに彼女のもとに駆けつけ、二人で収容所撤収後のそれぞれの運命を語り合いました。彼女はベルゲン゠ベルゼン収容所のことを、わたしは死の行進とラーヴェンスブリュックおよびノイシュタット゠グレーヴェ収容所のことを。さらに今の生活、音楽隊の誰とコンタクトを持っているか等々です。再会は文通へと変わり、一九九二年、わたしが巡礼の旅で聖地を訪れた時、さらなる再会が約束されていたのですが、残念なことにラヘラは亡くなってしまいました。わたしがイスラエルから飛び立とうとした時、テルアビブの空港に何とレギナ・クプフェルベルクが現れました。レギナはラヘラと同じキブツに住んでいて、二人ともポーランドのベンジンの出身でした。レギナとの再会はラヘラの死の悲しみを少しだけ消してくれました。

ある時、ドイツを訪問したわたしは「償いと平和の務めのしるし行動（Aktion Sühnezeichen Friedensdienste）」が組織したコンサートに招待されました。コンサートにはエステル・ベヤラノが出演し、ユダヤ人絶滅に捧げた歌を紹介しました。エステルは自己紹介の中で、ビルケナウ収容所にいたこと、収容所音楽隊で演奏していたことに触れ、わたしの関心を引きました。しかし、わたしはエステルのことは覚えていません。コンサートを開催した指揮者のヨアヒム・マルティーニはわたしにエステルと話をする機会を与えてくれ、さらにビルケナウ音楽隊にいたユダヤ人メンバー数人の住所も教えてくれました。エステルとの短い会話の中で分かったのは、わたしが音楽隊に入った時にはすでに彼女はいなかったことでした。エステルはチャイコフスカのことをファニア・フェヌロンが決めつけたような反ユダヤ主義者ではなく、自分の解放者だったと感謝の気持ちを込めて述べました。ドイツからアウシュヴィッツに強制収容されたユダヤ人エステルの人生においてポーランド人のゾフィア・チャイコフスカは救世主だったのです。ポーランド人のわたしにとっては、ユダヤ人のアルマ・ロゼが救世主でした。

わたしはほどなくヨアヒムから入手した元音楽隊メンバーの住所リストを利用し、チェロ奏者だったアニタ・ラスケルのロンドンの住所に手紙を出しました。当時、アニタはロンドン室内管弦楽団で演奏していて、音楽家としての栄誉を手に入れていました。返事をもらったのは数年後でしたが、アニタとは今も連絡をとっています。彼女と戦後初めて会った場所はビルケナウです。その後、アニタはクラクフにわたしとゾーシャ・ツィコーヴィャクを訪ねて来ました。アニタは自分の子どもたちのために収容所回想録を記し、そのタイプ原稿のコピーをわたしに送ってくれました。わたしは夢中になってそれを読んだものです。その回想記は一九九六年にイギリスで出版されましたが、残念ながら今のところポーランド語には訳されていません。『あなたたちは真実を知るべきです』（注22）というタイトルの彼女の回想記は含蓄のある内容です。

＊

人生は不思議なシナリオを書きます。二〇〇四年、オシフィエンチムの「対話と祈りセンター」で待降節（＊キリスト教国において、一般的には十一月二十六日から始まるクリスマスまでの準備期間）の黙想会が開かれました。開催者はマンフレド・デセラエルス神父で、ビルケナウで殺害されたユダヤ人のカルメル会修道女クシシュのテレサ・ベネディクタを悼む黙想会でした。その席でわたしは一人のオシフィエンチム在住女性と知り合いになりました。歴史の教師をしているマリア・シェフチクです。このオシフィエンチム娘は今のわたしの親友グループ、イーザ・スタシチクとマウゴジャタ・ルィバおよびズビグニェフ・ルィビ夫妻の仲間の一人となりました。この親友グループは、ルヴフの学校で席をともにしたわたしの級友たちや収容所時代の仲間が老齢で次々に亡くなる中、その埋め合わせをしてくれています。マリア・シェフチクとは本当に親しい友人となり、クラクフのわたしの家で、あるいはオシフィエンチムの彼女の家で会っています。すでに二回、ともにわたしの愛するルヴフの街を訪れました。わたしにとってルヴフは忘れることのできない街なのです！

注22　第一版タイトル『Inherit the Truth』London 1996. ドイツ版タイトル『Ihr sollt die Wahrheit erben』Bonn 1997.

# エピローグ

わたしの回想記、それはビルケナウでバイオリンを弾いていた一人の女性の運命の記録です。年のせいでわたしの物忘れはひどくなっていますが、強制収容所で体験したことだけは忘れようにも忘れられません。それは警告のための記憶です！　わたしがこの世から去った後も、忘れないでいてほしいことなのです。勇敢な行動をした者、祖国のため、他人を救うために最大の危険に身をさらした者、占領者に対して不屈の姿勢を貫いた者、わたしはそんな人たちの立派な戦争回想録を読みましたが、それに比べてわたしの運命、苦痛に満ちた体験は平均的ポーランド人が味わったほんの一部分だと思っています。わたしは小さな歯車でした。その歯車は弱かったけれど、何とか持ちこたえました。確かなことはひとつ。もしもわたしにバイオリンがなかったら、生きのびることはできなかったことでしょう。人生が終わりを迎えようとしている今、そんなことを書く価値はあるのでしょうか？　それは読者のみなさんの評価に委ねることにします。

劇的だったスターリン時代、ゴムウカ時代（＊ゴムウカは一九四八年に民族主義的偏向の理由でポーランド労働者党書記長の座を追われたものの一九五六年に名誉を回復し、党第一書記に選出された。ゴムウカ政権は自主的な社会主義国家をめざすも、政権後半は消費を犠牲にして工業化を図ろうとして失速、一九七〇年に解任された）、ギエレク時代（＊ゴムウカに続くギエレク政権は経済成長を重視する政策をとり、一時的に発展を見た。しかし外国からの借金がかさみ、国民の不満と反発は労働組合運動の高まりを招いた。一九八〇年九月に辞任）と、わたしの周りでは戦後の困難な時代が続きました。そんな中でわたしは次第にかつての屈辱について考えることをしなくなっていきました。なぜなら、新しい政治的現実が期待したものからはほど遠かったからです。一九四六年、クラクフでかつての五月三日憲法（＊一七九一年五月三日にポーランド議会で採択されたヨーロッパ初の成文憲法）を祝う愛国的式典が行われました。もちろんこの行事は当時の共産主義政権が計画したものではありません。わたしはこの式典に参加しませんでした。ところが、政治的弾圧はわたしにも及び、散歩でコシチューシコの丘に出かけた帰りにオレアンドリ通りの近くで友だちといっしょに、左袖に赤い腕章を巻いた共産党活動家によって拘束され、すでに多くの人が乗せられていたトラックに押し込まれました。三、四日間拘束され、ザクジューヴェク（＊クラクフ市内の南西にある地区）の兵舎およびヴォルノシチ広場（現インヴァリヂ広場）わきの安全局で尋問を受けました。

数か月後、わたしは再び逮捕されました。戦後に見つけ出した親類縁者とソポトで一九四六年のクリスマス休暇を過ごしていた時です。血縁者の中には従兄《いとこ》のレオナルド・ドゥニチもいて、彼は反共組織「自由と独立」のメンバーでした。突然、住まいに従兄を追跡するＮＫＷＤ（ソ連邦内務人民委員部）が押し入り、部屋にいたわたしたち全員が逮捕されました。レオナルドは逃げる時に銃撃され、その後も長いこと拘束され続けました。わたしは七日間の拘留で釈放されました。九〇年代にＩＰＮ（国民記憶院）の記録保管所で自分の身上調査書を調べたところ、共産主義者たちがわたしを絶えず監視の対象にしていたことがわかりました。わたしはどんな政治的活動にも関与しなかったのですから、まったく必要のないことだったにもかかわらずです。戦争はわたしを恐ろしい渦巻の中に、出口のない罠《わな》の中に引きこみました。戦後は普通の環境の中で生活し、平穏の中で働きたかったのです。しかし、鉄のカーテンの向こうの世界から届く情報は、わたしたちが再び敗者の側にいる失望を呼び起こしました。その一方で、戦後のドイツ社会からわたしたち元囚人に届いた情報には変化がありました。戦後のドイツには戦争中に犯した大きな犯罪を自覚し、罪を受け入れ、様々な形で償いを模索するグループが生まれていました。たとえば「贖罪《しょくざい》のしるし行動」、「マクシミリアン・コルベ記念協会」、「十字架＝クライス」などのグループです。七〇年代にはドイツ収容所の元囚人が属するクラブ宛てに食料や衣類の小包が届くようになりました。当時はポーランド人民共和国の時代で、あらゆる物資が不足していましたから、本当にありがたいことでした。何よりもその行為そのものに価値があり、象徴的、かつ、ある種の壁を打ち破ってくれるものでした。送られてきた小包が縁になって私的な文通が始まり、個人的な付き合いへと発展しました。わたしもまた初めてドイツを訪れ、豊かな国、自由な人々を目にし、温かいもてなしを受け、戦争中にドイツ人が犯した罪を意識している人々に出会いました。それはわたしにとって重要で、必要なことでした。その頃になってようやく、わたしはいく分穏やかな気持ちでポーランド人司教たちが「和解の手紙」（＊一九六五年、ポーランド人司教が当時の西ドイツ司教にあてて「わたしたちは許します……」とつづった手紙）という形で踏み出した一歩を見つめることができました。

わたしの最近のドイツ訪問は二〇〇七年のことです。それは長年、本人が言うには「この地の声を聞くために」オシフィエンチムを訪れているドイツ人神父マンフレド・デセラエルスのお蔭でした。わたしはドイツ人聖職者とともに、ハルツ山系にあるかつてのミッテルバウ゠ドーラ収容所の敷地を歩きました。兄が死を迎えた地で兄に別れを告げることによって、六十年間以上も閉じられることのなかった悲劇の章を完成することができたのです。

わたしは残酷な戦争の時代を記述しようと試みました。しかし、あの時代を百パーセント確実に表現することは不可能だと思っています。

# 『回想記』はどのように生まれたか？

マリア・シェフチク

わたしたちの人生には、幸運とか天命とか呼ぶたくさんの出来事が起きます。そのようなことが自分の身にも起きた時には、大きな感謝の念を抱くものです。それは、時には挿話的な出来事であったり、時には永続的な出来事であったり、あるいは喜びの源となったりします。わたしにとってヘレナとの出会いはそんな出来事でした。ヘレナはわたしの祖母であってもおかしくない年齢の女性です。しかし、普通と違うのは、年齢差はあっても彼女がわたしの親友であるということです。わたしはオシフィエンチムで生まれ、育ち、ここですでに成人した息子の幸せな母親となり、さらに十代のギムナジウム生徒の歴史教師をしています。一方、ヘレナにとってオシフィエンチムは左腕に刺青《いれずみ》を入れられた土地です。

二〇〇四年、オシフィエンチムの「対話と祈りセンター」において、マンフレド神父によって組織された待降節の黙想会が開かれ、様々な町から年齢も職業も異なる十数人が集まりました。最初に各参加者が短い自己紹介をしました。中にはなぜ、待降節の最初の日曜日をかつてのアウシュヴィッツのおひざもとで迎えることにしたのかを話す者もいました。高齢の女性が繊細かつ静かな声で自らを紹介し、さらに補聴器の調子が急に悪くなって会話に積極的に加わることができないことに触れました。そんな中でわたしは参加者の中で唯一のオシフィエンチム住民であることを紹介し、この地で自分がどのように生活しているかを話しました。しばらくの後、一人の女性が先ほどの高齢の女性を伴ってわたしの席に来ました。女性はわたしが土地っ子であるという理由から、明後日、補聴器の修理屋を探す手助けをしてほしいと頼みにきたのです。こうしてわたしはヘレナと彼女の親友たち――クラクフのマウゴーシャとリビョンシのイーザと知り合いになりました。全ての始まりを作ったマウゴーシャは興味深い付き合いを生み出す名人で、ヘレナはアウシュヴィッツの元囚人で、もう九十歳になろうとしているけれど、精神的にも肉体的にも若く、ただ聴覚にだけ問題をかかえている、とささやくように言いました。わたしはヘレナを眺めながら彼女の年齢を信じることができませんでした！

ヘレナとわたしの付き合いは友情へと変わりました。わたしは万聖節（＊十一月一日。死者の日とも言い、日本のお盆に当たる）にビルケナウを訪れるヘレナに付き添うことに同意しました。ロウソクに火を灯し、廃墟と化した第二クレマトリウムの上にそのロウソクを置き、自分の母親、そしてほかの人たちを思いながらじっと祈るヘレナの姿。ヘレナの記憶の中には母親、そして他の人々が永遠に残っていました。わたしは彼女の話に耳を傾けながらそんな人々の運命を知り、記録しました。

今日は二〇一二年十月二十七日です。わたしはヘレナのクラクフの家でこの文章を書いています。彼女の回想記を記録する手伝いができてこんなに嬉しいことはありません。わたしたち二人の共同作業はどんな夏季休暇、どんな冬季休暇の楽しみにも代えられないものとなりました。完成へのワンステップ、ワンステップがわたしにとっては稀有《けう》の体験となりました。今、ページをめくっています。一番長くて、一番引きつけられる音楽隊の娘たちの章。そして最も辛かった母の死の章。全ての章においてわたしたちは表現不可能と思われること、たとえば収容所の無法状態であったり、人間に対する貶《おとし》めであったり、無力さであったり、選択なしの状況の中での選択であったり、絶望の中の希望であったり、それらを何とか言葉にしようと努めました。わたしたち二人の仕事は二年続きました。ルヴフを訪れた充実した美しい夏、ブレンナ（*チェコ国境に近いポーランドの保養地）での夏の滞在、そんな時も共同作業を続けました。完成させた今、わたしたちは体と心を休ませるため、また一緒にルヴフやブレンナに行く計画を立てています。散歩をして、本を読んで、そしてこれからもマウゴーシャとズヴィシェク、イーザ、レナタ、そしてマンフレド神父に会うことになるでしょう。彼らは「無口なヘレナ」がついにビルケナウのバイオリン奏者の話をすることに真剣に関わってくれたのです。

# ビルケナウ女性音楽隊メンバー

ヘレナ・ドウニチ-ニヴィンスカが記憶している1943年10月から1944年秋まで在籍していたメンバー（苗字のアルファベット順）

①収容所番号　②音楽隊在籍期間　③収容所滞在中および解放後の運命

## 指揮者（同時にカポ）

Zofia Czajkowska
（ゾフィア・チャイコフスカ／ポーランド）
① 6873
② 1943年4月～1943年8月
③ 1943年8月から1944年1月までは棟長を務めた。1978年死去

Alma Rosé
（アルマ・ロゼ／オーストリアのユダヤ人）
① 50381
② 1943年8月～1944年4月
③ 1944年4月4日、ビルケナウにて死去

Sonia Winogradowa
（ソーニャ・ヴィノグラドーヴァ／ソ連邦）
① 72319
② 1944年4月～1944年10月
③指揮者になる前は1944年1月から4月まで音楽隊でピアノを担当

## 第一バイオリン

Helena Dunicz-Niwińska

（ヘレナ・ドゥニチ‐ニヴィンスカ／ポーランド）

①64118

②1943年10月～1945年1月

③クラクフ在住

Lily Mathé

（リリ・マテ／ベルギーのユダヤ人）

①不明

②1944年8月～1944年10月

③1944年10月にベルゲン＝ベルゼン収容所に移送

Hélène Scheps

（エレン・シェプス、コンサートマスター／ベルギーのユダヤ人）

①不明

②1943年8月～1944年10月

③1944年10月にベルゲン＝ベルゼン収容所に移送。2006年3月死去

## 第二バイオリン

Violette Jaquet-Silberstein

（ヴィオレット・ジャック‐ジルベルシュタイン／フランスのユダヤ人）

①51937

②1943年9月～1944年10月

③1944年10月にベルゲン＝ベルゼン収容所に移送。
2014年1月28日死去

Irena Łagowska
（イレナ・ワゴーフスカ／ポーランド）
① 49995
② 1943年7月～1945年1月
③ 1945年後に死去

Jadwiga (Wisia) Zatorska
（ヤドヴィガ〈ヴィーシャ〉・ザトルスカ／ポーランド）
① 36243
② 1943年4月～1945年1月
③ 1981年1月死去

## 第三バイオリン

Fanny Birkenwald-Kornblum
（ファニー・ビルケンヴァルト-コーンブルム／ベルギーのユダヤ人）
① 51859
② 1943年8月～1944年10月
③ 1944年10月にベルゲン＝ベルゼン収容所に移送。1992年8月死去

Else Müller-Felstein
（エルゼ・ミューレル-フェルシュタイン／ベルギーのユダヤ人）
① 42409
② 1943年5月～1944年10月
③ 1944年10月にベルゲン＝ベルゼンに移送。1964年死去

## 第四バイオリン

Zofia Cykowiak
（ゾフィア・ツィコーヴィャク／ポーランド）

①44327
②1943年5月～1945年1月
③2009年2月5日死去

Hélène Rounder-Diarkin
（エレン・ロウンデル - ディアケン／フランスのユダヤ人）
①50290
②1943年9月～1944年10月
③1944年10月にベルゲン＝ベルゼン収容所に移送。1945年後に死去

Julie Stroumsa
（ユリー・シュトロウムサ／ギリシャのユダヤ人）
①44954
②1943年9月～1944年10月
③1944年10月にベルゲン＝ベルゼン収容所に移送。
ベルゲン＝ベルゼン収容所にて死去

## チェロ

Maria Kroner
（マリア・クロネル／ドイツのユダヤ人）
①不明
②1943年7月～1943年8月
③1943年8月にビルケナウにて死去

Anita Lasker-Walfisch
（アニタ・ラスケル - ヴァルフィシュ／ドイツのユダヤ人）
①69388
②1943年11月～1944年10月
③1944年10月にベルゲン＝ベルゼン収容所に移送。ロンドン在住

## コントラバス

Yvette Assael-Lennon

（イヴェット・アッセル-レノン／ギリシャのユダヤ人）

①43293

②1943年4月～1944年10月

③1944年1月まではアコーデオンを弾いていた。
1944年10月にベルゲン＝ベルゼン収容所に移送

## マンドリン

Olga

（オルガ、苗字不詳／ソ連邦ウクライナ）

①23728

②1943年7月～1944年10月

③必要に応じてホルンも吹いた

Rachela Olewski-Zelmanowicz

（ラヘラ・オレフスキ-ゼルマノヴィチ／ポーランドのユダヤ人）

①52816

②1943年8月～1944年10月

③1944年10月にベルゲン＝ベルゼン収容所に移送。
1987年にイスラエルにて死去

Masza Pietkowski

（マーシャ・ピェトコフスキ／ポーランドのユダヤ人）

①52674

②1943年8月～1943年12月

③1943年12月にビルケナウにて死去

Hilde Zimche - Grünbaum
(ヒルダ・チムヘ - グリュンバウム／ドイツのユダヤ人)
①41912
②1943年8月〜1944年10月
③1944年10月にベルゲン＝ベルゼンに移送。イスラエル在住

Janina Palmowska
(ヤニナ・パルモフスカ／ポーランド)
①不明
②1944年12月〜1945年1月
③アウシュヴィッツ第一収容所で女性音楽隊の復活が試みられた時に入隊

Janina Sosnowska
(ヤニナ・ソスノフスカ／ポーランド)
①不明
②1944年12月〜1945年1月
③アウシュヴィッツ第一収容所で女性音楽隊の復活が試みられた時に入隊

## ギター

Lotte Berran - Grunow
(ロッテ・ベラン - グルノフ／ドイツのユダヤ人)
①不明
②1943年7月〜1944年10月
③1944年にベルゲン＝ベルゼン収容所に移送。2006年3月死去

Pronia (Bronia)
(プローニャ〈ブローニャ〉、苗字不詳／ソ連邦ウクライナ)

①28740
②1943年5月～1944年10月

Szura
（シューラ、苗字不詳。ソ連邦ウクライナ）
①38115
②1943年5月～1944年10月

Margot Vetrovcova-Anzenbacher
（マルゴット・ヴェトロフツォーヴァ-アンツェンバヘル／チェコのユダヤ人）
①46155
②1943年7月～1944年10月
③1944年10月にベルゲン＝ベルゼン収容所に移送。
2007年にカルロヴィ＝ヴァリにて死去

## フルート

Lotte Kroner
（ロッテ・クロネル、愛称はおばさん／ドイツのユダヤ人）
①47511
②1943年7月～1944年10月
③1944年10月にベルゲン＝ベルゼン収容所に移送。
1945年にベルゲン＝ベルゼンにて死去

## リコーダー

Ruth Bassin
（ルト・バッシン／ドイツのユダヤ人）
①41883

② 1943年8月～1944年10月
③ 1944年10月にベルゲン＝ベルゼン収容所に移送。1989年死去

Carla Wagenberg-Hyman
（カルラ・ヴァゲンベルク-フィマン／ドイツのユダヤ人）
① 42020
② 1943年8月～1944年10月
③ 1944年10月にベルゲン＝ベルゼン収容所に移送。2006年死去

Sylvia Wagenberg-Calif
（スィルヴィア・ヴァゲンベルク-カリフ／ドイツのユダヤ人）
① 41948
② 1943年8月～1944年10月
③ 1944年10月にベルゲン＝ベルゼン収容所に移送

## フレンチホルン

Olga
（オルガ、苗字不詳／ソ連邦ウクライナ）
①不明
② 1943年7月～1944年10月
③マンドリンも弾いた

## アコーデオン

Lily Assael
（リリ・アッセル／ギリシャのユダヤ人）
①不明
② 1943年4月～1944年10月
③ 1944年10月にベルゲン＝ベルゼン収容所に移送。1989年死去

Ester Loevy - Bejarano
（エステル・レーヴィ - ベヤラノ／ドイツのユダヤ人）
①41948
②1943 年 5 月〜 1943 年 9 月
③1943 年 9 月にラーヴェンスブリュックに移送。ドイツ在住

Flora Schrijver - Jacobs
（フローラ・シリーヴェル - ヤコブス／オランダのユダヤ人）
①61278
②1943 年 9 月〜 1944 年 10 月
③1944 年 10 月にベルゲン＝ベルゼン収容所に移送。オランダ在住

## ピアノ

Ala Gres
（アーラ・グレス／ソ連邦）
①38116
②1944 年 1 月〜 1944 年 10 月
③写譜係の仕事もした

Sonia Winogradowa
（ソーニャ・ヴィノグラドーヴァ／ソ連邦）
①72319
②1944 年 1 月〜 1944 年 10 月
③アルマ・ロゼの死後は指揮者およびカポになった

## パーカッション

Helga (Olga) Schiessel
（ヘルガ〈オルガ〉・シーセル／ドイツのユダヤ人）

①不明
② 1943年8月～1944年10月
③ 1944年にベルゲン＝ベルゼンに移送

## シンバルおよびドラム

Danuta (Danka) Kollakowa - Czechowicz
（ダヌタ〈ダンカ〉・コルラコーヴァ - チェホヴィチ／ポーランド）
① 6882
② 1943年4月～1944年10月
③ピアノも弾いた

## 歌手

Maria Bielicka
（マリア・ビェリツカ／ポーランド）
①不明
② 1944年5月～1945年1月

Fania Fénelon - Goldstein
（ファニア・フェヌロン - ゴールドシュタイン／フランスのユダヤ人）
① 74862
② 1944年1月23日～1944年10月
③写譜の仕事もした。1944年10月にベルゲン＝ベルゼン収容所に移送された。1983年12月死去

Janina Kalicińska - Michalik
（ヤニナ・カリチンスカ - ミハリク／ポーランド）
① 53864
② 1944年12月～1945年1月　③ 1995年死去

Lotte Lebedova
（ロッテ・レベドーヴァ／チェコのユダヤ人）
① 50057
② 1943 年 8 月～ 1944 年 10 月
③ 1944 年 10 月にベルゲン＝ベルゼン収容所に移送

Claire Monis
（クレール・モニ／フランスのユダヤ人）
①不明
② 1944 年 1 月～ 1944 年 10 月
③ 1944 年 10 月にベルゲン＝ベルゼン収容所に移送

Eva Steiner
（エヴァ・シュタイネル／ハンガリーのユダヤ人）
①A 17139
② 1944 年 5 月～ 1944 年 10 月
③ 1944 年 10 月にベルゲン＝ベルゼン収容所に移送

Ewa Stojowska
（エヴァ・ストヨフスカ／ポーランド）
① 64098
② 1943 年 11 月～ 1944 年 10 月
③ 1944 年 10 月にベルゲン＝ベルゼン収容所に移送。1996 年 1 月死去

Dorys Wilamowski
（ドルィス・ヴィラモフスキ／ドイツのユダヤ人）
①不明
② 1943 年 8 月～ 1944 年 10 月
③ 1944 年 11 月にビルケナウにて死去

## 写譜係

Ala Gres
（アーラ・グレス／ソ連邦）
①38116
②1943年12月～1944年10月
③ピアノも弾いた

Kazimiera Małys
（カジミェラ・マウィス／ポーランド）
①48295
②1943年8月～1945年1月
③マンドリンも弾いた

Maria Moś-Wdowik
（マリア・モシ-ヴドヴィク／ポーランド）
①8111
②1943年5月～1945年1月
③1994年4月死去

Margot Vetrovcova-Anzenbacher
（マルゴット・ヴェトロフツォーヴァ-アンツェンバヘル／チェコのユダヤ人）
①46155
②1943年8月～1944年10月
③ギターも弾いた。1944年10月にベルゲン＝ベルゼン収容所に移送。2007年カルロヴィ＝ヴァリにて死去

Hilde Zimche-Grünbaum
（ヒルダ・チムヘ-グリュンバウム／ドイツのユダヤ人）

①41912
②1943年8月〜1944年10月
③マンドリンも弾いた。1944年にベルゲン゠ベルゼン収容所に移送。イスラエル在住

## 棟長（ブロコーヴァ）

Zofia Czajkowska
（ゾフィア・チャイコフスカ／ポーランド）
①6873
②1943年8月〜1944年1月
③最初は指揮者およびカポとして1943年4月〜8月まで音楽隊に在籍。1944年1月に別のコマンドに移動。1978年死去

Maria
（マリア、苗字不詳／ソ連邦）
①不明
②1944年1月〜1944年10月

## 部屋当番（シュトゥボーヴァ）

Stefania (Funia) Baruch
（ステファニャ〈フーニャ〉・バルフ／ポーランド）
①6877
②1943年4月〜1944年10月
③ギターも弾いた。1945年後に死去

Regina Bacia - Kupferberg
（レギナ・バーチャ - クプフェルベルク／ポーランドのユダヤ人）
①51095

②1943年8月～1944年10月
③アルマ・ロゼの小間使いをした。
1944年10月にベルゲン＝ベルゼン収容所に移送

Maria (Marylka) Langenfeld-Hnyda
（マリア〈マリルカ〉・ランゲンフェルト-フヌィダ／ポーランド）
①42873
②1943年4月～1945年1月
③バイオリンも弾いた。2013年7月27日死去

Irena Walaszczyk-Wachowicz
（イレナ・ヴァラシュチク-ヴァホヴィチ／ポーランド）
①43575
②1943年8月～1944年5月
③マンドリンも弾いた。1944年5月に別のコマンドに移動。
1985年12月死去

# 収容所用語

（＊ドイツ語由来で、ポーランド語なまりになった言葉が多い）

**アルテ・ユーデンランペ**（独 alte Judenrampe）
アウシュヴィッツ駅の鉄道待避線にあって、1944年5月まで囚人、主にユダヤ人の集団輸送列車が到着した降車場

**アルバイトザインザッツ**（独 der Arbeitseinsatz）
収容所の囚人就労部局

**アウフセイェルカ**（独 die Aufseherin）
強制収容所で女性囚人を監視した親衛隊勤務のドイツ人女性

**アウッセン**（独 das Aussen）
有刺鉄線で囲まれた収容所敷地の外にある囚人の労働区域

**ベクライドゥングスカメル**（独 die Bekleidungskammer）
囚人用衣類を保管した収容所倉庫

**ブロックフューレルシュトゥベ**（独 die Blockführerstube）
木造の親衛隊衛兵所建物

**ブロコーヴァ**（独 die Blockälteste）
棟（ブロック）長。職務囚人

**ボイテル**（独 der Beutel）
小物を保管するための袋

**ブリキェティ**
レンガ状の練炭

**ドゥルフファル**（独 der Durchfall）
飢餓性の血便。囚人を苦しめた主要な病気のひとつ。
しばしば死に至った

**エフェクテンカメル**（独 die Effektenkammer）
囚人の所有物を保管した倉庫

**エルヴァイテルングスラーゲル**（独 das Erweiterungslager）
アウシュヴィッツ第一収容所に隣接し、囚人によって建てられた新しいブロック群（現在は騎兵隊将校ヴィトルト・ピレツキ記念団地になっている）

**フラウエンラーゲル**（独 das Frauenlager）
女性用収容所

**ヘフトリング**（独 der Häftling）
囚人

**カリファクトルカ**
収容所序列において高い地位に着いた女性職務囚人

**カナダ**
絶滅の目的で輸送されてきたユダヤ人たちが持参し、選別された後に残した財産を保管した倉庫。さらに、ユダヤ人たちが降車場に残したあらゆる財産を仕分ける作業に当たった囚人コマンド（労働隊）をも意味した。カナダは「組織化」の中心場所となり、親衛隊員やそこで働いた囚人たちが盗みを働いた主要な場所でもあった

**カポ**
定められたコマンドの作業を指導し、管理した職務囚人

**コーイェ**
ビルケナウの木造の棟にしつらえられた原始的な三段の寝棚

**コマンド**
囚人労働隊

**ラーゲルカペラ**（独 die Lagerkapelle）
囚人が演奏した収容所音楽隊

**ラーゲルシュトラッセ**（独 die Lagerstrasse）
収容所道路

**ラーゲルシュペッレ／ラーゲルシュペラ**（独 die Lagersperre）
ブロックからの外出禁制

**ライヘンコマンド**（独 Leichenkommando）
囚人の死体を集め、クレマトリウムに運ぶ作業に当たったコマンド

**ロイフェルカ**（独 die Läuferin）
女性収容所の伝令係。職務囚人

**ムズウマン**
肉体的、精神的に極限まで衰弱した囚人

**オフラグ**
軍の将校および捕虜用の収容所

**パンツェルファウスト**
対装甲車用の榴弾。撤退行進の際に極限まで衰弱して行進について行けなくなった囚人たちにとどめを刺すための道具としても利用された

**ポスト**（独 der Posten）
労働中の囚人の監視をしたり、あるいは監視塔で見張りに当たった歩哨部隊の親衛隊員

**プリチェ**
ビルケナウの石造りブロックに設置された板張りの原始的な三段の寝棚

**プッフ**（独 der Puff）
収容所の売春宿

**ラポルトフィレル**（独 Rapportführer）
復命下士官（＊連絡隊長）を務めた親衛隊員

**レヴィル**
収容所病棟の集まり。多くの囚人にとってはむしろ死を迎える場所となったが、病棟に入ることで強制労働と点呼を免れた。医療に従事したのは囚人で、必要を満たすことのないごくわずかな薬や包帯を管理した

**ザウナ**
収容所の浴場

**ゾンデルコマンド**（独 das Sonderkommando）
死体を焼却するクレマトリウムで働いた囚人特別労働隊。他の囚人たちから隔離された。彼らは殺人機構の機能を目撃した者として一定期間後に殺害され、新しい囚人が補充された

**シュライブシュトゥバ**（独 die Schreibstube）
収容所の事務室。囚人が雇用された

**シュトラフコマンド**（独 das Strafkommando）
懲罰コマンド。とりわけきつい重労働に当たらせられた

**シュトリケライ**（独 die Strickerei）
衣類の修繕にあたったコマンド。
ドイツ軍の要求に応じて太いロープも編んだ

**シュトゥボーヴァ**（独 der Stubendienst）
部屋当番。ブロック内の整理整頓に当たった職務囚人

**フェルレグング**（独 die Verlegung）
あるブロックから別のブロックへの、
あるいはあるコマンドから別のコマンドへの囚人の移動

**フォラルバイテルカ**（独 die Vorarbeiterin）
労働隊の作業を指揮した職務囚人

**ヴァハ**（独 die Wache）
囚人を監視したり、見張りをした職務囚人

**ヴァシュラウム**（独 der Waschraum）
洗面所

**ヴィザ**（独 die Wiese）
収容所内の踏み固められた草地。検疫隔離期間にあった囚人は
天候や季節を問わず一日中、ここに出されていた

**ズガング**（独 der Zugang）
収容所にやって来た新入りの囚人

**ズラガ**（独 die Zulage）
追加されたパン、あるいは追加された食べ物

# 訳者あとがき

戦争は、勝ったか負けたかに関わらず、人間に大きな破壊と悲しみと喪失をもたらします。かつて、ポーランド領内の文化都市だったルヴフ（現ウクライナのリヴィウ）を故郷とするポーランド人、ヘレナ・ドゥニチ＝ニヴィンスカさんは第二次世界大戦が始まって三年四か月を経た一九四三年一月十九日、ルヴフの自宅で母親とともに逮捕されました。逮捕理由は、しばらく経ってから分かったことですが、自宅に反ナチス活動家を下宿させたことでした。娘と母は、ルヴフ市内の刑務所に九か月間収監された後にアウシュヴィッツ＝ビルケナウ強制収容所に移送され、ビルケナウ強制収容所（アウシュヴィッツ第二強制収容所）での一年三か月にわたる過酷な強制収容所生活を体験しました。その間にヘレナさんは母親を失いました。

一九四四年秋になるとアウシュヴィッツ＝ビルケナウ収容所内には以前にも増してはっきりとドイツ軍劣勢の報が伝わり、撤収準備が目に見えて進められました。ヘレナさんたち囚人は一九四五年一月十八日から三日間にわたり、収容所を出て西へと歩かされ（死の行進）、その後は貨車でドイツ北東部のラーヴェンスブリュック、続いてノイシュタット＝グレーヴェ強制収容所へと送られました。ヘレナさんがついに解放の日を迎えたのは、同年五月二日のことです。二十九歳になっていました。

厳しかった父親の教育方針で、ヘレナさんは十歳からバイオリンを習い始めました。アウシュヴィッツ＝ビルケナウ強制収容所の地獄を耐えることができたのは、そのバイオリンのお蔭だったとヘレナさんは述懐しています。その音楽隊で指揮者をしていたのが、ユダヤ人のアルマ・ロゼでした。アルマ・ロゼは、「音楽は命」であるとして、手を抜くことなく音楽隊メンバーの演奏能力を高め、女性音楽隊は、義務として課せられた行進曲の演奏だけではなく、日曜コンサートでさまざまな曲を披露するまでになりました。

しかし、演奏中のメンバーの目にいやでも飛び込んできたのは、ガス室とクレマトリウム（死体焼却炉）へと向かう大勢のユダヤ人をはじめとする囚人たちの姿でした。「自分たちは音楽隊で演奏しているお蔭で死の収容所を生きのびている。それは人間性を喪失している証拠ではないか……」との疑問がメンバーたちを苦しめました。

解放後も元音楽隊メンバーの苦しみは続きました。収容所音楽隊に入っていたという理由で、かつての収容所体験者からも、収容所体験の全くない人たちからも白い目を向けられたのです。

中には一生、精神科に通院し続けた元メンバーもいました。解放後、元音楽隊仲間の厚意によってクラクフで生活を始めたヘレナさんは、運よく就職できた音楽出版所で音楽教科書を作る仕事に情熱を傾け、仕事に没頭することで収容所シンドロームに陥ることからかなり救われたといいます。

ヘレナさんの回想記を読むと、音楽とは何か、芸術とは何かを考えさせられます。アルマ・ロゼの言葉「音楽は命」は意味深長で、様々に解釈することができますが、アルマ本人は「音楽は自分にとっても音楽隊にとっても掛け替えのない命そのものである」と言いたかったのでしょう。わたし自身はこうも考えます。「音楽は命を持っていて、その命がヘレナさんをはじめ多くの女性音楽隊メンバーにエネルギーを与え、彼女たちを収容所地獄から救うことにつながった」と。戦争は純粋な命を持つ音の芸術までをも、いとも簡単に悪用させてしまいます。実に恐ろしいことです。

アウシュヴィッツ゠ビルケナウ強制収容所の収容者の九十パーセントはユダヤ人でした。ビルケナウ女性音楽隊にもフランス、ドイツ、オランダを始め、広くヨーロッパから送られてきたユダヤ人が在籍していて、ユダヤ人メンバーとヘレナさんたちポーランド人メンバーの間には言葉や文化の違いから生じた軋轢が少なからずありました。しかし、ヘレナさんは、それが反ユダヤ主義によるものだとする考えはステレオタイプだと指弾します。ヘレナさんは収容中もユダヤ人グループとの接触に努め、元英語教師だったユダヤ人メンバーに英語を教えてもらったこと、また別のユダヤ人メンバーには祝日カードを作ってもらったことを今も感謝しています。また一九八九年に起きたポーランドの体制転換（ソ連体制からの独立）後は、あちこちに散らばっていた元ユダヤ人メンバーと積極的に交流しています。

ヘレナさんは今もナチズム、レイシズムに対してだけではなく、コミュニズムに対しても根強い不信感を抱いています。それは自身の体験に基づいた正直な気持ちから発したもので、戦後にはポーランド統一労働者党（共産党）政権によるいわれのない逮捕も経験しました。

しかし、貧富の差が拡大し、多くの若者が未来に対する希望を失っているキャピタリズムの国に、とりわけアメリカや日本など新自由主義を目指す国に本当の幸せはあるのでしょうか。わたしが住む岩手県で生まれ、育った詩人で童話作家の宮沢賢治は「世界がぜんたい幸福にならないうちは個人の幸福はあり得ない」と著書『農民芸術概論綱要』の中で述べています。その考えこそが、本来のコミュニズムにつながる思想ではないかとわたしは思っています。真の正しいコミニュズムとは何なのか、人間の叡智と勇気と良識を総動員して実現することはできないのか、考えてみなければならないテーマだと思います。

ヘレナさんはエピローグの中で、この本を書いたのは「警告のための記憶」をこれからの人々に引き継ぐためである、と記しています。ヘレナさんの記憶が未来の世界を支える若い世代に継承されていくことをわたしは心より願っています。

今春、ポーランド国立アウシュヴィッツ＝ビルケナウ博物館の敷地内にある書店で『ビルケナウのショパン』というCDが発売されました。それは女性音楽隊指揮者だったアルマ・ロゼが自ら歌詞を作り、声楽と器楽の作品に編曲したショパンの『エチュード作品10第3番ホ長調』（『別れの曲』）の再生版です。新たな奏者を集めてこの曲を復元し、録音して、アルマ・ロゼの労苦に報いようと提案したのは、他でもないヘレナ・ドゥニチ－ニヴィンスカさんです。

この作品（原著タイトル『Drogi mojego życia』わたしの生の道）を翻訳するきっかけを与えてくださったのは、ベルリン在住のジャーナリストでホロコースト研究家の大内田わこさんです。心より感謝申し上げます。そして訳書を日本での出版へと導いてくださったのは、クラクフ在住の森川明木さん、そして森川さんの友人、参議院議員の有田芳生さんです。訳文を読んでくださった有田さんは日本でも出版すべき本であるとして、積極的に出版社探しをしてくださいました。このお二人のお力添えがなかったら、この本は日の目を見ることはなかったでしょう。本当にありがとうございました。

また、著者ヘレナさんはわたしの翻訳上の質問に達筆の返事をくださいました。ヘレナさんの親友、マリア・シェフチクさんとレナータ・コシクさんは邦訳版に載せる写真データを送ってくださいました。深く感謝申し上げます。

最後に非常に丁寧な編集作業によって訳者の非力を補ってくださった新日本出版社の森幸子さんに、心よりお礼を申し上げます。

二〇一六年十一月十七日　田村和子

著者略歴

## ヘレナ・ドゥニチ-ニヴィンスカ

(Helena Dunicz-Niwińska)

1915年、ウィーンで生まれ、その後、ポーランドの故郷ルヴフに両親および二人の兄とくらす。10歳からポーランド音楽協会高等音楽院でバイオリンを習い始め、大学で教育学を学ぶ傍らも、音楽教育を受け続ける。

1939年9月、ソ連軍のポーランド侵攻後、長兄ヤンはワルシャワで地下活動に入り、次兄ボレスワフはルヴフを出てイギリスに向かう。1940年6月、父親がルヴフにて病死。1943年1月、ヘレナは母親とともに逮捕され、ルヴフの刑務所に拘留された後、同年10月にアウシュヴィッツ強制収容所に移送される。45年1月までビルケナウ女性音楽隊のメンバーであった。この間、強制収容所で母親を亡くす。アウシュヴィッツ強制収容所の撤収に伴い、ラーヴェンスブリュック収容所、ノイシュタット゠グレーヴェ収容所に移され、1945年5月、自由の身となる。収容所仲間のヤドヴィガ・ザトルスカらとともに5月末に戦後のポーランドに戻るも、ポーランドは愛する故郷ルヴフを失っていたため、クラクフのザトルスカ一家のもとに身を寄せ生活を始める。やがてクラクフのポーランド音楽出版所に就職し、音楽教育出版物の編集次長を経て、75年に退職。2013年、本書のポーランド語の原著“Drogi mojego życia”を出版する。

訳者略歴

## 田村和子（たむら・かずこ）

ポーランド児童文学翻訳家。1944年、札幌市生まれ。79～80年、家族とともにポーランドのクラクフ市に滞在。93～94年、クラクフのヤギェウォ大学に語学留学。96～97年、東京外国語大学研究生。97～98年、クラクフの教育大学で児童文学を学ぶ。岩手県在住。

著書に『ワルシャワの日本人形』（2009年、岩波ジュニア新書）、『ワルシャワの春 ── わたしが出会ったポーランドの女たち』（2003年）『生きのびる ── クラクフとユダヤ人』（2000年、以上草の根出版会）。主な訳書にM.ムシェロヴィチ『金曜日うまれの子』（1996年、岩波書店）、『ノエルカ』（2002年、未知谷）、J.ルドニャンスカ『ブリギーダの猫』（2011年、未知谷）、I.フミェレフスカ『ブルムカの日記』（共訳、2012年、石風社）がある。

強制収容所《きょうせいしゅうようじょ》のバイオリニスト——ビルケナウ女性音楽隊員《じょせいおんがくたいいん》の回想《かいそう》

2016年12月25日　初　版
2018年5月25日　第3刷

著　者　ヘレナ・ドゥニチ-ニヴィンスカ
訳　者　田　村　和　子
発行者　田　所　稔

郵便番号　151-0051　東京都渋谷区千駄ヶ谷4-25-6
発行所　株式会社　新日本出版社
電話　03（3423）8402（営業）
03（3423）9323（編集）
info@shinnihon-net.co.jp
www.shinnihon-net.co.jp
振替番号　00130-0-13681

印刷　光陽メディア　　製本　小泉製本

落丁・乱丁がありましたらおとりかえいたします。

ISBN978-4-406-06072-1 C0097　Printed in Japan